ハヤカワ文庫 SF

〈SF2474〉

宇宙英雄ローダン・シリーズ〈733〉

《バジス》強奪!?

K・H・シェール&H・G・エーヴェルス

宮下潤子訳

早川書房

9145

PERRY RHODAN
SCHACH DEM KLON
KONTRAKT MIT UNBEKANNT
by
K. H. Scheer
H. G. Ewers

Translated by
Junko Miyashita
First published 2025 in Japan by
HAYAKAWA PUBLISHING, INC.
This book is published in Japan by
arrangement with
HEINRICH BAUER VERLAG KG, HAMBURG, GERMANY
through JAPAN UNI AGENCY, INC., TOKYO.

目次

《バジス》強奪!?……七
未知との契約……一四七
あとがきにかえて……二八三

《バジス》強奪!?

《バジス》強奪!?

K・H・シェール

登場人物

ペリー・ローダン………………銀河系船団最高指揮官
ノーマン・グラス………………《オーディン》副長兼首席操縦士
クナル・セルク…………………同首席船医
フィリル・ドゥウエル…………同火器管制チーフ
イリアム・タムスン……………《リブラ》船長
ガン・ケル・ポクレド…………同首席エンジニア
モス・ハステス…………………同首席船医
シソフ・トンク…………………同乗員。兵器管制シントロニカー
フェレン・ア・ピット…………同乗員。火星人
ハロルド・ナイマン……………《カシオペア》格納庫チーフ
ロナルド・テケナー……………自由商人のリーダー。通称スマイラー

1

「ハロー……わたしの声が聞こえますか？　まだ受信していますか？」

イリアム・タムスンの口調は不安をあらわしていた。自分の報告がペリー・ローダンにあたえた影響を察していたからだ。そもそも、あれは報告ではなかった。不気味な出来ごとを説明しようとしたのだった。

イリアムは《リブラ》の通信スクリーンの前に立っている。《オーディン》は加速機動を中断していた。

《リブラ》が惑星フェニックスの宙域にあらわれるのがほんの数分遅かったら、はるかに大きな球型船《オーディン》のアンテナは、緊急信号も救難信号も捕捉できなかっただろう。

「あの巨大な船は、銀河系船団にも、フェニックスの自由商人の部隊にも属していない」《リブラ》の司令室の奥から声が響く。「気をつけないと！　ひどいめにあうのは、もうたくさんだ」

イリアムが振りかえった。ガン・ケル・ポクレドがその短気な気性を隠そうとすることは、めったにない。このアコン人の赤銅色の髪は、さまざまな計器の光のなかできらめいて見える。それに比べ、かれの黒檀色の顔はぼんやりとして存在感がなかった。《リブラ》の船長は不安にかられていた。セレス星系に近かったため、この大型船を自由航行者の宇宙船とみなし、やや性急にコンタクトをとってしまった。その段階で、いくつかの安全規則を完全に無視している。

全長二百メートルの《リブラ》の乗員は規則に反し、あらゆる手段で自分たちの識別情報を提示した。そのうえ、緊急信号だけでなく、かつての太陽系艦隊の緊急周波数帯で古いテラの救難信号まで発信してしまった。だが、実際のところ、それに対してあの球型船の乗員は、整然とした対応を見せた……これはそもそも、過去数百年のシンボル体系を完璧に熟知した知的生物にしかできないことだ。

それでも、この筋骨たくましい不平屋のアコン人は、彼女の判断に文句をつける。ただ、《リブラ》の首席エンジニアで第三操縦士としてのかれの資質は、文句のつけようがない。その点でかれはトップクラスの人材だった。

イリアム・タムスンは、もうひとつのスクリーンにうつる大型船をじっと見た。

直径五百メートルの多目的タイプの球型船だ。このいわゆるメルツ型の船は、惑星フェニックスの航行者たちを通して知っていた。だが、ペリー・ローダンと最後に会ったさい、かれは《シマロン》の船内にいたのだ。

イリアムの混乱した思考は、ローダンの声で中断された。かれの上半身が全周スクリーンにあらわれた。ホログラム映像はない。その背景には、見知らぬ司令室の一部と数名の乗員がうつっている。

「きみの船の要員が異議を唱えるのを聞いた。かれは正しい！　わたしはきみたちと《リブラ》を、NGZ一一四四年一月に《バジス》が復元されたあと、監視任務につかせた。同じ年の十一月末に、きみたちがいま、探知しているこの大型船《オーディン》を拿捕したのだ。そして人員過剰だった《シマロン》から乗員を移した。なので、きみたちは《オーディン》をまだ見たことがないかもしれない」

ガン・ケル・ポクレドは自席から立ちあがり、船長の横に立った。かれのグリーンの目がベンガル花火のような強い光をはなった。それはかれの特徴のひとつだ。

「そうでしたか、ローダン、よくわかりました！　いまは一一四六年二月五日。二年間も置き去りだったんですから、当然、知りようがありません。フェニックスの司令部であなたの説明の確認をとりたいところですが、音信不通なんです。あの惑星は廃墟と化したとか。あなたは重い火傷を負い、プラズマ浴で治療中だと思っていました」

「それは思いちがいだ。説明はあとでしよう。フェニックスは廃墟になってはいない。カンタロの激しい攻撃を受けて放棄することになり、みな退避した。そのしんがりが、われわれの船だ。だからきみは確認がとれないのだ。ここでもう一度、訊きたいんだが、わたしになにを伝えようとした？　最初の報告はよくわからなかった」

イリアム・タムスンは直観的に、かれは本物のペリー・ローダンだと感じた。

彼女は指示を守る義務をあまりに強く感じていたため、早期に自由航行者の基地にもどる勇気がなかった。そのあいだに基地は大きく変わってしまったようだ。

イリアムはアコン人に自席にもどるよう指示すると、エネルギー性浮遊マイクロフォンを彼女の唇に近づけるよう命じた。

ローダンは拡大された彼女の顔を見た。その巻き毛が真っ白なのは、停滞フィールドでの時間跳躍でショックを受けたせいだ。彼女は最近、六十歳になったばかり。テラナーの平均寿命は長いことから、彼女はまだ若い。

「おちつくんだ、イリアム」彼女はローダンの声を夢のなかで聞いている気がした。

「きみたちをもっと早く呼びもどすことができず、すまなかった。M‐30と銀河系で混乱がつづいている。《バジス》を監視しないわけにはいかなかったのだ。ところで、わたしの横にすわっているのは、ノーマン・グラス。《オーディン》の副長だ。きみは前からかれを知っているな。もう一度、おちついてきみの報告を聞かせてくれないか?」

「不本意なことですが」彼女は重苦しい声でいった。「《バジス》が消えました。盗まれたんです! それがいま、はっきりしました」

《オーディン》のひろい司令室で作業をしていたギャラクティカーたちが息をのんだ。みな、信じられないという顔だ。そんな顔の乗員を、ペリーはこれまで見たことがない。

そのとき、地響きが静寂を破った。エルトルス人の男が階段をのぼってくる音だ。その巨体がスクリーンにうつしだされた。

「わたしはクナル・セルク。《オーディン》の首席船医だ」男は挨拶もなく自己紹介した。「あなたたちが最後にサイコグラムをとったのはいつだ? 医療シントロニクスは機能しているのか? ずいぶん長い出動だったようだが」

クナル・セルクは大声で罵声を浴びせられた。その意味をかれは理解できなかった。ガン・ケル・ポクレドが激昂するとアコン語を使うのは、理解されないようにするためでもあるのだろう。

「われわれは狂っちゃいないぞ、ウェドシェジュ!」《リブラ》の首席エンジニアは感情を爆発させると、おちついてつづけた。「《バジス》は消え、いまも行方がわからない。この件は、任務に忠実なイリアムが音と映像で記録している。シントロニクスの宙航日誌もちゃんとあるぞ。では、専門家が〝まともな〟提案をしてもいいですか?」

「それは望むところだ」ローダンが、心配する首席医師と、侮辱されたと感じるエンジニアのいさかいをおさめる。「どんな提案だ？」

「いろいろありますよ！　ここをカンタロがうろついているなら、われわれはハイパーカム通信をやめて、通常通信を選択したほうがいい。そのために、両船は適切な距離を保って近づく必要があります。あなたたちは航行を停止し、空間を確保しつつ、われわれの適応機動を待ってください。すこし時間がかかります。もし、あなたたちがいかさま賭博師だったら、わたしがひどいめにあわせますよ。了解ですか？」

「了解だ」とローダン。

いつもなら皮肉な響きが聞こえてきそうなものだが、かれはいま、この言葉を発するのがやっとだった。

「それでは」アコン人はつづけた。「データ転送の準備はすべて、われわれがします。そのあとで、数名の要員と《オーディン》の船内を訪問したいのですが。そちらには、訪問を許さないセキュリティ回路がありますか？」

「ばかな！　なぜそんなことを考える？」ローダンは驚いた。「われわれは逆噴射を開始する。その放射で一時的にハイパーカム通信が妨害されるだろう。以上だ」

イリアム・タムスンは薄れゆくスクリーンに目をやった。ローダンは驚くほどおちついている……おちつきすぎている！

「かれにはまだ信じられないんだ」だれかが鈍い声でいった。乾いた笑い声がつづいた。

イリアムは副操縦士に目をやった。カヌート・ヴィルブラスはふだん、ほとんど話さないが、かれが口を出すときは、自分の言葉の意味をよく考えて話す。

女テラナーは物思いに沈みながら、自席にもどった。船外を撮影する光学機器のスクリーンに、球状星団Ｍ‐３０の星の海がきらめいている。

淡い黄色の恒星セレスは、鬼火のような光がゆらめく背景にほとんど溶けこんでいる。この星系が持つ五つの惑星の全体像は、とうに見えなくなっていた。

ちいさなこの星系の第二惑星、フェニックスは放棄され、みな退避したというのか！

イリアム・タムスンは心のなかの疑念を払拭できなかった。フェニックスは彼女にとって、時間跳躍によるカタストロフィ以降、故郷のかわりとなっていた。

「適応機動、準備完了」ガン・ケル・ポクレドの大声が彼女の思考を中断させた。「賭けてみましょう。ローダンは死にかかっているようには見えないし、ほかに選択肢もありません。クロノパルス壁は約五百光年先からはじまります。どうやって壁を突破したらいいのか、われわれにはわからないのだから」

一分後、《リブラ》はスタートした。ハイパー探知のみが確認できるはるかかなたで、《オーディン》のメタグラヴ・エンジンが逆噴射全開で空間を引き裂いた。

ローダンはどうやら、この機動によって探知される危険を無視するつもりらしい。

2

《リブラ》症候群

シントロニクス宙航日誌、《リブラ》内部、銀河系船団指揮官プログラム特別代理の文責による状況報告。GeKoSyn保存用機密事項、コードTV／Commでのみアクセス可。

有機体乗員の精神的、肉体的な健康状態を、医療センターは危機的と診断。《リブラ》症候群という総称で記録する。

医療センターの所見（添付）によれば、すでに二年になる《バジス》の瓦礫の宙域での滞在は、これ以上の延長は不可能。

うつ状態が深刻化。フェニックス基地とのコンタクトがないことが、孤独感を増大させている。乗員は自分たちが忘れられているという思いを強めるばかり。

《リブラ》症候群の危険な点は、銀河系船団とフェニックスの自由商人が、銀河系の暗黒の勢力によって全滅したという憶測が最近、生まれたこと。

フェニックスとの無線連絡を確立するというわたしの試み（自律的プログラム）は、適切な通信リレーがないため、失敗に終わった。

ハミラー・チューブとのコンタクトは成功。《リブラ》の乗員は随時、《バジス》のスポーツやレジャー用の施設を利用することが許されている。

しかし、不作法（ハミラーいわく）が頻発し、かつ悪化しているため、許可がまもなくとり消されるおそれあり。

《リブラ》船内の有機生命体はみな、精神がますます不安定に。それはカタストロフィを予兆させる。判断の誤りも頻発。

《リブラ》の船長、イリアム・タムスンは義務感から、フェニックスへの帰還を自己裁量で命じることを拒否。そこでシントロニクス結合体側が、銀河系船団最高指揮官ペリー・ローダンを装った命令を意図的に出すことを検討している（特別代理権の範囲内で）。その有効性を評価中。

シントロニクス宙航日誌、NGZ一一四六年一月二十日、十六時十四分十一秒、《リブラ》内部

＊

フェレン・ア・ピットは火星生まれのテラナーの後裔に典型的な、突き出た胸を持つ。かれはその胸いっぱいに空気を吸いこめば、充分に水に浮くだろうと想定していた。それは誤解だった。

必死にもがく。ぎりぎりの瞬間に手が岸に触れると、地面を指でつかんだ。最初に浮きあがったのは、ピットの巨大な鉤鼻だった。次に立派な口髭をたたえた大きすぎる口が、空気を求めてあらわれた。

この《リブラ》の搭載艇の艇長は、自分の命は救えたが、評判は救えなかった。ガン・ケル・ポクレドの嘲笑がそのあかしだ。かれはすぐれたアスリートで、あらゆる船内記録を楽々と塗りかえる。

かれの黒檀色のからだが、澄みきった水のなかを弾丸のように進んでいく。筋肉質の腕とやはり鍛えあげられた脚が、かれを前へと押しだす。

フェレン・ア・ピットはくたびれたカエルのように陸に這いあがり、白く細かい砂に倒れこんだ。

かれの頭上高くには、人工太陽が輝いている。そこは《バジス》の設計者たちが楽しみながら造りあげたレジャー施設。《バジス》の復元後、ハミラー・チューブはこの保養施設を《リブラ》の乗員のために再開することを承諾した。

広大なこのホールは〝陽光のラグーン〟と名づけられた。植物や土、砂浜は本物だ。

背景にうつしだされるホログラムが、無限のひろがりを演出する。遠くに望む山々と砕け散る波音が、楽園の休暇というイメージをかきたてた。絶えまなくそよぐ風に、熱帯植物のこずえが揺れる。

《リブラ》のヒューマノイドたちが陽光のラグーンを好むのも不思議はない。ここには、失われた故郷惑星への郷愁をある程度は埋めあわせられる、あらゆるものが提供されているのだから。

「大丈夫ですか、ミスタ・フェレン・ア・ピット？」快い響きの声が聞こえた。目に見えないスピーカーから流れてくる。「火星では、ひろい湖沼に飛びこむ機会はほとんどなかったでしょうから」

「そうなんだ！」ピットは咳きこみながらいった。「もう大丈夫だ、ハミラー」

「手当てが必要ですよ。ひどく青い顔をしています」

フェレンは腹ばいになり、呼吸を整えようとした。かれは《リブラ》チームではひょうきん者で通っている。活発な性分で話し好き、というかおしゃべりだ。

かれはつねに甲高い声で話すので、神経にさわる。とくに山ほどある冗談のネタをかれが披露すると、辛抱強い者でもいらいらした。どれも何度も聞いたことがあったから。

そのうえ驚くべき能力を発揮して、ふざけたいたずらを発案する。いまの状況で、だれもかれを助けようとしなくても不思議はない。

「へえ、青いツラのほうがハンサムに見えるな！」ガン・ケル・ポクレドがラグーンの中央から叫ぶ。つづいて、フェレンには〝咆哮〟にしか聞こえない笑い声が響いた。

レジャーを楽しむ者たちのなかにひとりだけ、この火星人を気にかける者がいた。《リブラ》の首席船医、アラスのモス・ハステスだ。

フェレンは水面下に長くて白っぽい材木があるのに気づいた。その材木は浮きあがると、棒のように細く、アルビノのように白い、アラスのからだに変身した。

医師は岸に上がり、犬のようにからだを震わせた。信じられないほど痩せこけた手足を、暴れるかのように振りまわす。

フェレン・ア・ピットは呼吸困難だったことを忘れてしまった。そのような姿の医師を、かれは見たことがなかったから。医師のからだで色らしい色は、グリーンの水着だけだった。

モス・ハステスにまわりを気にするようすはない。威厳に満ちた足どりで、火星生まれの男に堂々と歩みよった。

「かれは大丈夫ですか、ドクター？」ハミラー・チューブがたずねた。「あなたにゆだねられた乗員のスポーツへの適性に、もっと持続的に注意を向けるようお願いしたい。どんな事故も、われわれの利益にはなりません。ミスタ・ア・ピットのぐあいはいかがですか？」

「最高ですよ、かれの赤みのもどった肌を見れば」ハステスはフェレンに目をやりながら、皮肉な口調で説明する。「じつに最高です、サー！　あなたは？　まさか倒れたりしませんよね」

「いやらしいいい方はやめてください」ハミラー・チューブは憤慨する。「わたしに敬語を使う必要も、歴史的な敬称で挑発する必要もありません」

「なら、そうしよう」アラスは譲歩する。「きみの小難しい話し方が気にくわないだけだ。それもきみの症状のひとつか？　きみのユーモアはどうした？」

「持ってないんだから、どうしようもないだろ」アコン人のポクレドが叫んだ。「さっさとかがんで、せめて火星人の触診くらいしてやれよ」

ハミラーはそれ以上、干渉しようとせず、黙りこんだ。《リブラ》のシントロニクスに対してハミラーが〝不作法〟と表現していたのは、このような出来ごとだった。

そのことは、左側の離れた場所でハンモックに横たわり、人工陽光で肌を焼くテラナーにもわかっていた。

シソフ・トンクはツナミ・スペシャリスト。兵器管制シントロニカーとして、また探知の専門家として、《ツナミ＝コルドバ》に搭乗していた。この艦が破壊されてから、銀河系船団のさまざまな船に配属されたのち、《リブラ》におちついていた。

トンクはハミラー・チューブに対応するときは、一定のルールを守る必要があると感じていた。

かれはハンモックから起きあがり、伸びをする。手を口にあててあくびをした。

シソフ・トンクの祖先は、テラの南洋にある島に住んでいた。かれ自身はその故郷をかろうじて知る程度だった。それでも《バジス》の陽光のラグーンは、かれの故郷といくつもの点で共通していた。

ガン・ケル・ポクレドが浜辺に向かって泳ぎだした。どうやら、火星人を助け起こす気になったようだ。だが、口をつぐむ気はなさそうだ。かれはよく、聞き捨てならない毒を吐く。

トンクも陽光が降り注ぐ浜辺へと向かっていた。かれは身長が一・六四メートルと長身ではないが、肩幅が非常にひろく、きわめて筋肉質だ。そんなかれを、ガン・ケル・ポクレドは〝肉をかじりとられたハルト人〟と呼んだ。

つねに温厚かつ冷静なツナミ・スペシャリストは、そんな言葉に気分を損ねることはない。このアコン人は相手のことを考えず、いいたいことを勝手にいうだけで、悪意はないのだ。

トンクのはばひろい顔は無表情だった。ポクレドは水から上がったばかり。鮮やかな赤色の髪が、黒い顔の上でかがり火のように輝いている。

「なんだ、きみもいたのか」かれはトンクにどなる。「ピットはほんとうに溺れるところだったのか？　みんなを驚かせたかっただけだろう」

「ほんとうさ！」テラナーはいった。「わたしがここにいるのは……手遅れにならないうちに、フェレンを水から引きあげようとしたんだ。だが、かれは自力で上がった。これでかれも自信がついただろう」

「自信？」アコン人は嘲笑した。「なんだそりゃ？」

「鏡を見ろ。そこに自信家の男がうつっているから」

ガン・ケル・ポクレドは目を細め、一歩前に踏みだすと、頭ひとつ背の低いテラナーを見おろした。

トンクの黒髪はオールバックになでつけられ、うなじあたりで、玉虫色に輝く革のバンドで束ねられていた。

トンクはめったに怒ることはない。だが、ポクレドはかれの弱点を知っている。挑発するように、かれの束ねた長い髪をつかんだ。

その髪飾りについてポクレドが毒づく前に、かれは宙を舞い、水中に落下した。トンクのすばやい投げ技は、アラスでさえ追跡できなかった。

アコン人が浮かびあがり、唖然としてあたりを見まわしたときには、トンクはすでに火星人を抱きおこしていた。

フェレン・ア・ピットは両手で立派な口髭をなでた。かれは身長が一・五八メートルで、テラナーよりもさらに小柄だ。

「水でも吐いてろ！　そのほうがハンサムに見えるぞ」かれはポクレドの言葉をあてこすって叫んだ。

《リブラ》の首席エンジニアは、アコン語のさまざまな悪態で応酬。そのいくつかはシソフ・トンクに向けられていたが、かれは笑みを浮かべて受け流した。

アコン人がひと息つくと、トンクが主導権を握った。このままではいけないと、かれにはわかっていた。《リブラ》の乗員は精神的に限界に達している。すでに典型的な宇宙発作を起こした者もいた。

「ミスタ・ハミラー、すこし話ができませんか？」シソフ・トンクが空中に向かって叫んだ。「〝ミスタ〟と呼びかけたことに、皮肉や侮辱の意図はありません」

「あなたならそうでしょう、ミスタ・トンク」ハミラー・チューブは即座に応じた。「でも安心して、敬語なしで話してください。あなたの同僚たちは、自制がむずかしくなっている。それに気づいたんですね？」

トンクはガン・ケル・ポクレドの額の静脈が膨（ふく）らむのが見えた。短気なこの男は、いまにも次の癇癪（かんしゃく）を起こしそうだった。

「自分をおさえろ！」トンクは厳しく警告した。「もうたくさん！　そのとおりだ、ハミラー、われわれの調子はあまりよくない。二年間も機械や装置だらけの狭苦しい《リブラ》にいたら、神経がやられてしまう」

「だからこそ、わたしは非常に困難な状況をおして、陽光のラグーンを再開させたのです」ハミラー・チューブは冷静にいった。「復元後に運びこんだ真水は、ほんとうはべつの用途に供するはずでした」

「〝べつの用途に供する〟ってか！」ポクレドはかっとして、ハミラーの口真似をした。「まどろっこしいいい方はよせ。われわれギャラクティカーは《バジス》を利用できて当然だ。そもそも、われわれが建造したんだから」

「それはちがいます、ミスタ・ガン・ケル・ポクレド！」ハミラー・チューブは厳しい口調で反論する。「《バジス》には、不作法者たちに娯楽を提供する以外に、果たすべき任務があるのです」

トンクは議論をエスカレートさせないよう苦慮する。ポクレドがやっと黙ると、かれはハミラーに《リブラ》に関するある提案をし、理解を求めた。

「われわれの船を、あいている格納庫のひとつにドッキングさせてもらえたら、緊張状況はすぐに緩和するんだが。巨大な《バジス》のなかなら、乗員は衝突しないですむし、きっと助けあえる。すくなくとも、狭苦しい《リブラ》での単調な生活から解放される」

「残念ですが……あなたの船の船長がすでに同じ提案をしているのをご存じでしょう」

「だが、なぜ拒否をする？　直径二百メートルの球型船をドッキングさせて、なにか問題があるのか？」

「あなたたちは遠距離調査飛行をして、《バジス》がまた未知の生物に侵入されないようにしてください」

シソフ・トンクはあらゆる手をつくし、ハミラー・チューブの考えを変えようとする。なぜ提案を拒否するのか、理解できなかった。

ガン・ケル・ポクレドは我慢できず、侮辱的な暴言を吐いた。

モス・ハステスはよく相手を傷つける、いつもの嘲笑で応じ、フェレン・ア・ピットはこの状況で大胆にも、聞きあきた冗談をいいはなった。

結局、ハミラーがこの件に終止符を打った。

「わたしの決定は変わりません。あなたたちはいつでも歓迎しますよ。ただし、知的生命体らしいふるまいをすることが条件です。《バジス》を守ってください。それがどんなに長くつづくとしても。時間がなんだというんです？　ペリー・ローダンの任務は果たさなければ」

「かれはまだ生きているのか？」ピットがたずねる。

ハミラー・チューブが接続を切った。もう応答することはなかった。

四名のギャラクティカーは乗員用コンビネーションを着用し、中央セグメントの1＝

ブラヴォに多数ある、搭載艇用のエアロックのひとつに向かった。

1＝ブラヴォだけでも《リブラ》よりひろく、容積も大きかった。小型艇をドッキングしたところで、なんの問題もないはずなのに。

かれらは搭載艇に損傷がないことを確認して乗りこむと、軽装の宇宙服を着用した。ガン・ケル・ポクレドはさも当然であるかのように、第一操縦士の成型シートに着席した。だれかに責任をゆだねるという発想は、かれにはない。

「ヘルメットを閉じろ」かれは不機嫌そうに要求した。「ハミラー・チューブの安全規則を守らないと、格納庫が開かないからな」

「注意！」突然、ハミラーの声が響いた。「《リブラ》が宇宙飛翔体を一体、探知しました。急いでください。緊急スタート手順で格納庫を排気します」

状況が刻々と、劇的に変化する。トンクは格納庫の中央に設置されたプロジェクターの放射ヘッドが、光をはなつのを見た。

プロジェクターが生成する高エネルギーの圧力場が一瞬で球状にひろがり、既存の空気塊を排気口から、《バジス》のほかの空間へと押しだした。

ガスが強制圧縮されることから、このプロセスは轟音を発生させる。格納庫は瞬時に排気された。通常、使用されるターボポンプでは、貴重な酸素を排出するのに時間がかかる。

しっかり係留された搭載艇のあらゆるユニットが振動した。このような形の緊急スタートは、材料を疲労させる。

3

予期せぬ出来ごと

シントロニクス宙航日誌、《リブラ》内部、状況報告Ⅱ、機密事項の保存については〝《リブラ》症候群〟参照（銀河系船団指揮官の代理として）
直径二百メートルの球型船が突然、かつて《バジス》の瓦礫の墓場があった宙域に出現し、有機体乗員は興奮状態。近々の帰郷への希望がふくらむ。
遠距離探知と放射の評価から、この宇宙船はテラに由来するとわかった。すべての測定データを考慮した結果、乗員に敵対的な意図はないと推測される。とはいえ、あらゆる種類の偽装工作を考慮に入れる必要がある。極超高周波走査機をもちいてプシオン領域で、上位次元の細胞放射振動を検知しようとしたが、成功せず。
未知の船の乗員は、ほぼすべてロボットのようだ。さらに探知をつづける。《リブラ》船長に警告。

注記：《リブラ》乗員はあらたな精神的ショックに見舞われた。かれらはわたしのプシオン評価から、未知の船にヒューマノイドが乗り組む可能性はもうないと、意識下で予想する。銀河系の広域とセレス星系（フェニックス）では、銀河系船団の船団員は全滅したと、だれもが思っている。

シントロニクス宙航日誌、NGZ一一四六年一月二十日、二十時三分二十六秒、《リブラ》内部

＊

湾曲した全周スクリーンに、かつての瓦礫の墓場に残る最後の残骸がうつしだされた。《バジス》の復元後、墓場にはハウリ船とカルタン船の残骸がわずかに残るばかりだった。

一万光年離れたところに、ハンガイ銀河が確認できる……銀河系までは二百万光年以上の距離がある。

《バジス》は銀河間の空虚空間に配備されていた。果てしなくつづく、このさびしい宙域で唯一の未知の固体が、《リブラ》の遠距離探知機が発見した船だった。この船はハイパー空間から通常空間に復帰した直後に探知され、ハイパー衝撃波が精確に測定され

ていた。

明らかにテラの設計方式の宇宙船だった。メタグラヴ・エンジンの放射ダイヤグラムであることにまちがいはない。そのほかの散乱放射も、意図的に遮蔽（しゃへい）していないようだ。その数値は、古い《リブラ》の補助マシンと同一だった。

〝古い〟……この言葉はイリアム・タムスンの意識に、相反する感情を同時に呼び起こすのだった。

訪問者は、コンピュータ画像と詳細な構造設計図から、宇宙的規模のカタストロフィ前の時代の船だとわかった。だとすれば、銀河系船団の直径二百メートルの船のひとつであるはずだが……

惑星フェニックスの自由商人たちは、この数百年のあいだに、近代的なタイプに乗りかえていた。かれらの船で目にするのは、多目的に使用できるモジュール構成方式の球型船だ。大半はやはり時代遅れであるものの、すくなくとも《リブラ》のタイプよりははるかに近代的だった。

未知の船は、光速に近い速度で上位次元からあらわれると、まっすぐ《バジス》に向かってくる。

そのとき、《リブラ》が最初の識別インパルスを受信した。それはフェニックスで有効なコードで送信されていた。未知の船の名は《アンドラッシイ》という。

《リブラ》の船内で、この名を聞いたことのある者はいなかった。銀河系船団にもこの名の船は所属したことがない。

船長の名は、制動動作を開始したメタグラヴ・エンジンの超高周波ノイズによってゆがめられ、解読できなかった。

制動動作がいま、終わった。《アンドラッシイ》は高速飛行を停止。《リブラ》との距離を、シントロニクスは三十光秒と算定した。

ガン・ケル・ポクレドが振りかえり、女船長を見た。イリアムは中央制御コンソールの成型シートにすわっている。

「三十光秒……トランスフォーム砲の直線弾道距離だ」ポクレドの声が響いた。その声はいつもどおり大きすぎる。「たんなる情報ですが」

「火器制御卓の前にすわっているのは、このわたしだ！」とシソフ・トンク。「それに、やむをえず必要な場合しか発射はしない。その場合には船長が命令する！」

ポクレドは含み笑いをし、肩をすくめて駆動制御に集中した。

《リブラ》は宇宙空間に静止状態で浮遊する《バジス》から、五百キロメートル離れていた。未知の船が接近してくる。その目標は明らかに《バジス》だ。

《リブラ》のシントロニクスがあらたに識別情報を要求した。フェニックスの信号だけでは不充分だ。《バジス》の宙域では提示が必須の、ペリー・ローダンが付与したコード群を追加で要求した。

「《アンドラッシイ》は一般的なデータで返信してきました」《リブラ》のシントロニクス結合体が伝える。「注意が必要です。戦闘の準備を推奨します」

イリアムはいぶかしそうにシソフ・トンクを見た。かれは司令コンソールの右横にすわっている。

「どう思う、シソフ？」

「砲撃の開始はぜったいになしです！　戦闘準備はいいですが。たとえ、シントロニクスの警告があっても、それ以上のことをする根拠はありません。《アンドラッシイ》はテラの旧型船のひとつかも。この手の船は、銀河の境界の向こう側にある球状星団なら、ハンザ拠点でよく見られますし、惑星サトラングの上空にもいます」

「戦闘配置につけ！」彼女は命じた。「訪問者に警告するのに充分な状態にして！」

シソフ・トンクがスイッチを入れる。神経を消耗させるアラーム装置のサイレンは、今回はなし。乗員の準備は万端。エアロックを密閉し、砲塔を展開する。防御バリアの構築に必要となるエネルギーを準備するため、転換機が船体下方で振動音をたてる。

「あの船はこのようすを探知し、理解もするはずです」カヌート・ヴィルブラスがいった。かれのやつれ切った顔が血色を帯びていた。副長で副操縦士であるかれは、司令室のイリアムのすぐ隣りにすわっている。

「もし、われわれが……」

そのとき突然、ホログラムがあらわれ、かれの話をとめた。ぎょっとして前を見ると、ヒューマノイドが一名、確認できる。銀河系船団の乗員用コンビネーションを着用している。男の前と横、うしろに見えるのは、典型的なテラの船の制御装置だった。

「やあ、イリアム」男はいった。「なんのために戦闘の準備を？　きみが砲撃したら、わたしは対応できない。フェニックスで改良した最先端のシントロニクスがなければ、パラトロン・バリアを充分に展開することすらできないんだ。だからやめてくれ」

「ハロルド・ナイマン！」イリアム・タムスンが驚いて叫んだ。「あなたは《カシオペア》にいるとばかり思っていたわ。どうしてその船にいるの？　まあ……あなた、幽霊みたいな姿ね」

ハロルド・ナイマンは、リスクをいとわない万能の天才として知られている。驚くべき即興の才を有するこの男は、突発的な笑い声で返事をした。

かれの丸い顔には、テラのアジア系の特徴が顕著にあらわれている。その額に褐色の髪が無造作にかかる。

かれは動きがどうもおちつかない。頬の筋肉がぴくついている。顔面神経によるものか、勝手に動いてしまうようだ。

ハロルド・ナイマンといえば、《カシオペア》の搭載艇艇長で格納庫チーフとして知られている、痩身でタフな技術宙航士だ。ところが、いまのかれは見る影もないほどやつれている。

「どうしたの、ハロルド?」船長は問いかける。彼女は動悸が激しくなるのを感じた。「驚いたわ。なにか悪い知らせでもあるんじゃない? なにが起きたの?」

「気をしっかり持って聞いてくれ」かれの声はふるえている。「銀河系船団はカンタロによって全滅した。わたしは《カシオペア》の最後のひとり。たまたま、破壊の直前に《シマロン》にいくよう命令されていたから助かったんだ。惑星フェニックスはカンタロによって廃墟と化した。アトラン、テケナー、ロワ・ダントンは戦死。ローダンは重傷を負い、専門クリニックで助けを待っている。からだの九十パーセントに火傷をおっていて、いまは細胞プラズマ浴を受けている。われわれには最新鋭の船は一隻もなくなった。《アンドラッシイ》は攻撃直前に予備として運用が開始されたもの。この船がわれわれにとって最後の超光速船だ」

この悲報を《リブラ》乗員たちが受け入れるには時間を要した。ここ数週間、いや数カ月間、恐れていたことが起きてしまったのだ。

船長のイリアム・タムスンが最初におちつきをとりもどした。驚くべき冷静さで静粛にするよう求める。

騒ぎがおさまる気配はない。彼女は船内放送を使うことにした。

ハロルド・ナイマンは無気力な目で《リブラ》船内のようすを観察する。かれはまるで生きた屍のようだ。絶望感を爆発させることもない。その段階はとうに過ぎてしまったように見える。

カヌート・ヴィルブラスはその心痛に沈む表情とは裏腹に、論理的な思考と行動ができることをしめした。みずからの感情を制御し、訪問者に声をかける。

「ここの状況は見て聞いておわかりのとおり。われわれには当然、いろいろと訊きたいことがある。自由商人の戦闘部隊はどこにいる？　探索飛行中の船はどうなった？」

ナイマンはもう心が感じなくなっているようだ。ショックの時期を通りこし、達観したように淡々と、死や破滅を語るのだった。

「ローダンはすべての船をフェニックスに退避させていた。そこに攻撃が迫ってきた。おおよその情報は得ていたんだ。だが、防衛戦を展開すると、カンタロは三百隻以上の艦隊を引き連れてあらわれた。これではもう勝ち目はない……自由商人にもだ。逃げおおせた者は、宇宙の深淵に身をひそめた。カンタロが去ったあとに残ったのは、われわれと旧型の《アンドラッシイ》だけだった」

「どこに残ったって？」だれかが口をはさんだ。挑発的な声だった。イリアムはツナミ・スペシャリストに目を向けた。かれは《リブラ》の戦闘配置を解く気はなさそうだ。

カメラがトンクのもとへ浮遊する。ナイマンは等身大のかれの映像を目の前にした。

するとナイマンの顔面神経の痙攣(けいれん)がひどくなった。いまにも平静を失いそうだ。

「おちつけ、ナイマン！」テラナーはいった。「どこに残ったんだ？　とにかく、もうすこしちゃんと説明してくれ」

「もちろん、もちろん……」ハロルド・ナイマンはいった。かれはふるえる右手でぼさぼさの髪をなでた。「きみは……ええと、ああそうだ、トンクといったな？　いいかげんにしてくれ！　質問攻めはもうたくさん。わたしは《バジス》に乗りこまないと。それをローダンが、これまでになく必要としているから。わたしがここにいる理由はそれだけだ」

「どこに残ったというんだ？」シソフ・トンクがもう一度、たずねた。「フェニックスはもう廃墟になったんだよな？」

「そうだとも！」ナイマンは叫ぶと、椅子から立ちあがった。「《アンドラッシイ》はフェニックスの衛星ステュクスにある秘密基地にあったんだ。《シマロン》も爆発したが、その前にわれわれは三名の乗員とちいさな救命ボートで脱出した。ローダンは医療ロボットで運ばれてきた。船から出てきたのはそれだけ。ステュクスで《アンドラッシイ》を見つけたんだ。基地の隊員たちは消えていた。おそらく逃げたのだろう。ローダンは手助けする者が最低、一名は必要だ。そこでかれからわたしに命令がきた。ただちに《バジス》をセレス星系へ向かわせるように、と。《アンドラッシイ》のような船をひとりで操縦するのがどれだけたいへんか、きみにわかるか？　地獄だぞ……スーパーシントロニクスがあったって！　これで説明は充分か？」

「充分よ！」イリアム・タムスンがいった。「数名でそちらに行くわ。あなたには医療処置が必要よ」

　ナイマンは一瞬にして平静にもどった。かれが成型シートに勢いよく腰をおろすと、その音が《リブラ》まで聞こえてきた。

「なにもするんじゃない」ナイマンはそっけない口調でいう。「《アンドラッシイ》は、未知者がエアロックに足を踏み入れたら、とたんに爆発するから。その回路はわたしには解除できないが、《バジス》に進入すれば、ただちに無効になる」

　ガン・ケル・ポクレドのはばひろい胸が浮遊カメラと船長のあいだに割りこんだ。突然、黒檀色の顔と、その上で圧倒的に目立つ燃えるように赤い髪が、ナイマンの目に飛びこんだ。

「われわれがあんたを《バジス》に受け入れると、本気で思っちゃいないよな？」アコン人はいった。緑青（ろくしょう）色の目がらんらんとしている。「ほかの者たちがどう思おうと、わたしはあんたのことを知らない。だからいま、あんたか、あんたのシントロニクスから、ローダンのコードを聞きたい。それを知っているなら、《バジス》で好きにすりゃあいい。太古のフェニックスのデータじゃあ、どうにもならんな。なんのためにわれわれが、ここで二年ものあいだ、陣地を守ってきたと思ってる？　素性もわからぬよそ者を手あたりしだい、《バジス》に進呈するためか？」

「めずらしく、わたしもガン・ケル・ポクレドに賛成だ」シソフ・トンクが発言する。

「そうはいかないぞ、ナイマン！　わたしが早まって火器制御卓のスイッチから指をはずすことは断じてない。もしわれわれがきみの船に乗りこめないなら、《リブラ》の船上できみに会いたい。あらゆる種類の画像資料とシントロニクスの記録を持ってこい。それとも、それも持っていないのか？」

ハロルド・ナイマンは無反応で記録装置を見つめていた。からだが痙攣のように震えている。力を振り絞り、次のことを告げた。

「《シマロン》のシントロニクス結合体は、もう存在しない。そのデータをどうやって《アンドラッシイ》のシントロニクスにコピイしろというんだ？　この船は使えるようにしたばかりだ。そのコードはわたしには送れない。だが、ローダンはわたしにハミラー・チューブ専用の秘密の合言葉を教えてくれた。かれはもう限界にきていて、《バジス》の大きなクリニックで治療が必要だ。それをきみたちは拒むというのか？」

「秘密の合言葉とはなんだ？」アコン人がたずねた。疑わしそうな目でホログラムにうつる男を見つめる。

「〝ヴァルプルギスの夜〟だ！」

その瞬間から、《リブラ》の乗員はもう、なにも決定する必要がなくなった。〝ヴァルプルギスの夜〟はハミラー・チューブに魔法の呪文のように作用したのだ。スピーカーが音を轟かせはじめた。五百キロメートル離れたところで、これまで探知機でしか確認できなかった《バジス》が、光あふれる宇宙船駅へと変貌した。ハミラー・チューブがみずから、あらゆる光源を点灯させたのだ。

「ハロルド・ナイマン、ようこそ」ハミラーの声が響く。「ヴァルプルギスの夜はわたしへの有効な緊急コードであり、わたしの影響範囲内にナイマンがあらわれたことに関連づけると、《バジス》の〝明けわたし〟を要求する合言葉です」

「明けわたしだと?」アコン人は浮遊カメラの内蔵マイクロフォンに叫んだ。

「そうですとも、ミスタ・ガン・ケル・ポクレド! ミスタ・ハロルド・ナイマンだけに《バジス》の指揮権をゆだねると、わたしが主張してきたのをご存じでしょう。かれがこの旅に送りだされた理由は、ペリー・ローダンがよく知っていますよ。ミスタ・ナイマン……ようこそおこしくださいました。あなたのシントロニクスを外部命令の受信モードに切り替えてください。あなたと船を進入させます」

イリアム・タムスンの呼びかけに、ハミラー・チューブはもう返答しなかった。一方、《アンドラッシイ》はゆっくりと航行を開始した。《バジス》の巨大な船壁のすぐ手前で拘束フィールドに捕捉されると、赤道環の前部にある広大な格納庫のなかへと引きこまれていく。

数分後、古い球型船は消えた。《バジス》が文字どおりのみこんだのだ。《リブラ》船内では戦闘配置が解除された。砲塔は格納。防御バリアは消滅した。

シソフ・トンクは安全ベルトをはずし、成型シートから立ちあがる。そのとき、かれの上方にイリアムの緊張した顔があるのに気づいた。

「なにかわたしにいいたいんじゃないの、シソフ?」彼女はいった。

トンクはみんなの注意が自分に向いているのを感じた。

「わたしは」もとツナミ・スペシャリストはできるだけ冷静に答えた。「《バジス》でしばらくナイマンといっしょでした。かれは〝戦死〟や、〝命令される〟、〝命令がきた〟といった言葉を使うことはありませんでした。ナイマンにはだれも命令することはなかったから……ペリー・ローダンであっても」

イリアムも立ちあがり、コンソールのフレームに両手を置いた。

「つまり、あなたはナイマンを……かれを……なんといったらいいかしら?」

「敵に寝返った裏切り者、とか?」トンクが彼女の思考を完結させた。「ハロルド・ナイマンのような男を寝返らせるのは容易ではなかったはず。だが、銀河系の権力者はなにをするかわからない。ナイマンは突然どうしてしまったのか。それもわたしは重視しません」

「なら、なにが重要なんだ?」アコン人のガン・ケル・ポクレドがたずねる。かれの独特なグリーンの目はまだ輝きをはなって見えた。

「かれの報告だ! ローダンやアトラン、テケナー、ロワ・ダントンのような面々がみんなそろって、おとなしく殺されるなんて想像がつかない。逆にみんな、元気でいてくれると思っている。イリアム、ナイマンをよく見てください! かれは変わりはてた。一流の医師が必要では?」

船長は握った手をゆるめた。白くなった指の腹に血の気がもどっていく。

「トンク、ポクレド、ピット、ハステス……気づかれずに《バジス》に侵入できると思う? もしできると思うなら、すぐにはじめて。セランを着用すること! わたしは《バジス》に船をできるだけ近づけるわ」

「気づかれないかはわからないが、侵入します!」アコン人はいった。「この件は最初からおかしいと思っていた。ハミラーはきっとまだ狂っているんだ。われわれをプールから締めだそうとするくせに、あの男は重武装の二百メートル級宇宙船もろとも受け入れるなんて。ナイマンに策略があったら、砲撃ボタンを押すだけで実行できちまうのに」

4

分析の試み

シントロニクス宙航日誌、《リブラ》内部、状況報告Ⅲ、機密事項の保存については〝《リブラ》症候群〟参照（銀河系船団指揮官の代理として）

プシオン走査機による、ハロルド・ナイマンの個人データの評価結果は完璧。文句なし。

《リブラ》乗員の疑念は、論理プログラムでは裏づけられない。ペリー・ローダンの銀河系船団が、はるかに勝るカンタロの戦闘能力によって壊滅した可能性はある（力関係の確率計算を参照）。

惑星フェニックスの破壊はまちがいないとみなされる。数で負けるギャラクティカーが、強大なカンタロから惑星を守りつづけることは、まず無理だろう。ナイマンが銀河系船団の船団員を裏切ったかどうかは真偽不明。ペリー・ローダンがかれに依頼した点は筋が通る。ハミラーはナイマンだけに《バジス》の指揮権をあたえたがっていたから。そのうえ、秘密の合言葉〝ヴァルプルギスの夜〟はテラの神話に由来する。カンタロは知らないだろう。

シントロニクス宙航日誌、NGZ一一四六年一月二十一日、三時十四分十一秒、《リブラ》内部

＊

アラスの医師、モス・ハステスの任務は、発生する出来ごとを、シントロニクスのマイクロカメラをもちいて音と映像で記録し、そのデータを《リブラ》に送ることだ。かれは全力で任務を遂行し、その送信をハミラー・チューブが妨害することはなかった。

ハミラーは四名のギャラクティカーが無断で侵入したことに対しても、なにもいわなかった。さもなければ四名は、船首区画のちいさな乗員用エアロックを通って乗船することはできなかったろう。

イリアム・タムスンはこの調査部隊の進路を追跡することができた。巨大な船のひろい通廊、ホール、機械室は、べつの訪問ですでに確認されているとおり、不気味に静まりかえっていた。

シソフ・トンクとガン・ケル・ポクレドはいま、巨大なこの船を制御する、ひろい司令ポデストの下手に立っている。

フェレン・ア・ピットは主司令室の後方に控えていた。アラスは記録任務にいそしんでいる。

ハロルド・ナイマンはとうとう自制心を失っていた。湾曲したコンソールのあいだをいったりきたりしながら、支離滅裂な言葉をつぶやきつづけている。

「銀河系……ただちに……データ……合意した集合ポイント……急げ」モス・ハステスが記録できた言葉はこれだけだ。

ナイマンは明らかに混乱し、放心状態だった。そのようすに、トンクは最悪の事態を予感した。

勝手なスイッチ操作をくりかえすナイマンに対し、ハミラー・チューブは意外にもかぎりなく忍耐強かった。かれの誤った命令をただちに修正し、あるいはとり消していく。

「われわれを涅槃に送る気か？」シソフ・トンクが声高に危惧する。

ガン・ケル・ポクレドがコンビ銃の安全装置を解除し、ナイマンに向けた。

「いいかげんにしろ、ウェドシェジュ！」かれはどなりつけた。「狂ったまねはよせ！いますぐ、こっちにこなければ、あんたを……」

パラライザーの音が聞こえた。イリアムはポクレドが早まったと思った……引き金を引いてしまった、と。それは勘ちがいだった。

　彼女が事態を把握する前に、調査部隊のギャラクティカー四名は床に倒れ、動かなくなったのだ。セランの防御バリアは起動していなかった。

　その直後、映像が消え、音声も途切れた。《リブラ》のスクリーンは真っ黒になった。

　イリアムはいま、かつてないほど途方にくれていた。

　カヌート・ヴィルブラスがよけいなことに戦闘警報を発令したため、船内は大混乱。イリアムがシントロニクス結合体の助けを借りて騒ぎをおさめるまで、しばらくかかった。

　ギャラクティカーの意見は割れた。イリアムはハミラー・チューブに呼びかけたが、まったく返事がない。

　三時間がたった。その日はNGZ一一四六年一月二十一日。六時二十分ごろのことだった。《バジス》の機関が再駆動したことを、シントロニクスが確認した。システムや装置が次々と起動する。エネルギー放射が増大をつづけ、巨船が航行を開始しようとしていることが確実になった。《リブラ》からはまだ、八十キロメートルほど離れている。

　ほぼ同時刻に、あらたな探知情報が飛びこんできた。司令室を含む中央セグメントにある乗員用エアロックから、四体の有機生命体がほうりだされたのだ。

「シントロン探知、評価」シントロニクス結合体の人工の声が響いた。「四体は生きています。与圧ヘルメットは閉じ、セランの生命維持システムは作動。からだがたがいに安全ロープで結合された状態で、空虚空間を漂っています。質問です……救護活動を開始しますか?」

「もちろんよ!」イリアムは甲高い声で叫んだ。「みんな聞いて! 搭載艇格納庫、準備は完了している?」

「とっくに」フェロン人が応じた。モニターにかれの顔がうつった。「なんのために、ここで待機していると思ってます?」

「スタートして、早く! シントロニクス、探知結果を搭載艇のシントロニクスに切り替えて。そうしないとかれらを見つけられない」

もともと、ギャラクティカーたちとハロルド・ナイマンを迎えにいくために待機していた小型艇が、とうに空気を抜き終わったエアロックからスタートした。この外のどこかで無力なギャラクティカーたちが艇は空虚空間の闇に消えていった。

四名、無限に向かって漂っている。

全長十四キロメートルの《バジス》の漏斗状のエンジン・セクターに、最初の光があらわれた。《リブラ》のシントロニクスは冷静かつ淡々と、すべての切り替え操作を報告する。

必要なエネルギーがグラヴィトラフ貯蔵庫からとりだされ、需要に応じて変換されて、メタグラヴ・プロジェクターに供給される。ハミラー・ポイントが発生したのだ。その吸引力によって、巨大な《バジス》が動きはじめた。観測結果は明白だった。そこで操作しているのがだれであれ、操縦を熟知した者だ。ハロルド・ナイマンのあらゆる印象から判断するかぎり、かれはこの正しく開始された機動の責任者ではない。

「飛行の制御には最低でも、熟練した技術宙航士が十名は必要です！」副操縦士のヴィルブラスが沈黙を破った。「信じられない！ハミラーがみずから成長をとげたか、《アンドラッシイ》にわれわれの知らない専門家が数名いるのか。じつに怪しい。どうします？」

「われわれになにができる？」イリアム・タムスンが応じる。彼女の褐色の顔は蠟のような黄色に輝いている。「いまは、ハミラー・チューブがまた異常な行動をとらないよう願うばかり。ナイマンが正気を失っていることに、チューブは気づいているはず」

《バジス》の探知映像がぐんぐん大きくなる。《リブラ》はその位置を上へと移動させた。そのほぼ下を、人類の巨大宇宙船が通過していく。

円形の上部デッキが細部まで見わたせる。直径は十二キロメートル。その縁部には、船の基礎部分をとりまく赤道環が見える。そこには十六の巨大な格納庫が設けられ、かつては直径千五百メートルのインペリウム級巨船が同数、収容されていた。《バジス》の技術的な改造後、格納庫にはより小型のテーベ級の船が搭載されるようになった。

それでも、格納庫にはこのタイプの船が余裕で収容できるスペースがあった。

イリアムは燃えるような目で全周スクリーンを見つめている。まるでだれかが、いまここを浮遊する巨大な宇宙船がどんな建造物か、彼女にあらためて披露したいかのように感じられた。

《バジス》は果てしない苦労のすえ、復元された。この船は人類とギャラクティカムにとって、はかりしれない価値がある。ローダンが必要とするすべてのものを、この船は提供した……高い専門性を誇る整備工場、あらゆる種類の補給物資、完全にロボット化された自動製造施設。

この船の上で、あらたな建造物が生まれた。そのひとつが、あの卓越した《ツナミ＝コルドバ》だ。

スクリーンいっぱいにひろがる巨大な円盤を見て、イリアム・タムスンはそんなことを思い出さずにはいられなかった。

最後に、ハイパーエネルギー性放電で燃焼する漏斗状のエンジン・セクターが通過していった。この区画だけで直径が六キロメートルある。NGZ四二四年に最新のメタグラヴ・エンジンが搭載される前は、ここで三十基のニューガス・シュヴァルツシルト反応炉が、必要なエネルギーを供給していた。そのユニットあたりの出力はおよそ十の七乗ギガワット。

さらにエネルギー需要を満たすため、反物質反応炉を備える高性能発電施設を、船内の六個所に分散して配置。エンジン系統は、ワリング式リニア・コンヴァーター十基と、トランスファーディム・エンジンの組み合わせで、無限の航続距離を確保していた。

イリアムは突然、これらすべてを失ったことに気づいた。ひとりの病んだ男の狂気と、ハミラー・チューブの不可解な措置のせいで、失ってしまったのだ。

われわれになにができる？……彼女の問いに答えられる者はいなかった。この状況ではだれも、なにもできやしない！　せめて調査部隊の四名のギャラクティカーの情報が得られることを願うばかりだ。

「救助艇から連絡です」シントロニクスが伝えてきた。「司令室におつなぎします」

フェロン人操縦士だった。サブモニターに簡素な光速搭載艇が緑の点としてあらわれた。

「かれらを見つけました！」かれはいった。「副操縦士がかれらのセランを脱がしているところです。ガン・ケル・ポクレドはすでに最初の悪態をつき終わり、シソフ・トンクもパラライザーの硬直から回復。もう動いています。待て、なにかいっている……」

しわがれ声が聞こえてきた。ちょうどそのとき、救助艇が《リブラ》の拘束フィールドに捕捉され、赤道環上部の格納庫に引きこまれていった。トンクの声がはっきりしてきた。かれはまだ感覚がなかば麻痺した舌で、なんとか言葉を発しようとする。

「スタートしろ……追跡するんだ、早く！　目的地は銀河系だ。急げ」

イリアム・タムスンに一寸の迷いもなかった。トンクはハロルド・ナイマンの混乱した言葉から、なんらかの情報をかぎつけたようだ。

彼女は明確かつ的確な指示を出した。《リブラ》はすぐさま動きだし、二年ものあいだ、監視役として守ってきた空虚空間の持ち場を離れた。

かれらの任務が終わりを迎えたのだ。

5

「カンタロのこぶ型艦を探知。フェニックスの戦闘で大破。駆動力も放射もなく漂流中。明らかに放棄船。距離は四十一光秒、接近中。監視をつづけます」

ペリー・ローダンはこのシントロニクスの報告に注意を向けようとしない。この種の報告は現在、球状星団M－30の辺縁部では、たいした事件ではなかった。

あちらこちらでカンタロ船や救命ボートの残骸が探知されていた。かれらは過酷な最期を迎える前に、どうにか逃亡できたのだ。

《オーディン》のひろい司令室はギャラクティカーであふれていた。直接、話を聞こうと集まったのだ。六時間前に突然あらわれた《リブラ》から、ヒューマノイド五名がここにやってくる。

その前にグッキーが、シントロニクスの日誌が記録されたマイクロスプールを受けとりに《リブラ》を訪れていた。データを転送する予定だったが、この船のシントロニクスが拒否。宙航日誌はローダン本人か、かれが認めた者だけに手わたすといい張った。

シントロニクスはひどく用心深くなっていた。

《オーディン》でシントロニクスの宙航日誌を最初に確認した時点で、なぜシントロニクス結合体が難色をしめしたのかが明らかになった。《バジス》の監視活動中、シントロニクスは数々の内部報告書を作成していた。そこには《リブラ》の乗員にそのまま伝えないほうがいい内容も含まれていたのだ。

ローダンは充分な時間をかけて記録を調査した。かれと《オーディン》の乗員たちは、《リブラ》のギャラクティカーが搭載艇でようやくこの船に到着したときには、すでに充分な情報をつかんでいた。

船長のイリアム・タムスンはベッド大に伸長させた成型シートにすわった。その隣りにアラスの船医モス・ハステスと、火星人のフェレン・ア・ピットが腰をおろす。ツナミ・スペシャリストのシソフ・トンクはシートの端に寄りかかり、首席エンジニアのガン・ケル・ポクレドは横に立った。かれの姿勢は攻撃的に見える。記録を流すあいだ、かれは聴取者たちを疑り深い目でじっくりと観察した。

自分が感じていることを、みなが感じている、とかれは思った。《リブラ》の乗員のなかでもとくにポクレドは、自分に直接的な責任があると感じていた。愚かなふるまいをした……その思いから抜けだせなかったのだ。

イリアムの説明からも、責任を感じていることが聞きとれた。だが、ガン・ケル・ポクレドはかれなりに、罪の意識をつのらせていた。

《リブラ》の船長が報告を終えた。報告は《オーディン》全体に流された。彼女は起きたことを客観的に説明するようこころがけた。

「われわれは《バジス》をできるだけ長く追跡しようとしました。船の目的地はほんとうに銀河系だったので、必要となる中間静止ポイントで探知できないかと考え、それは二度、成功しました。通常空間に復帰するさいのハイパー衝撃波は異常なほど高かった。針路ベクトルを算出すると、ハロルド・ナイマンとハミラーは一刻も早く故郷銀河に到達しようとしていることがわかりました。二度めの探知のあと、《バジス》を見失ったんです。ハイパー空間でとてつもない距離を飛行し、われわれのはるか前にあらわれたので、おぼろげにしか確認できなかった。それでも、かれらがクロノパルス壁に向かって直進したことはたしかです」

「パルス・コンヴァーターなしでだぞ！」アコン人が口をはさんだ。「だれか説明できるか？　どうやって通りぬけるつもりなのか？」

ローダンが手で制する。

「あとにしろ！　まだこれから説明がある」

「だといいのですが……」イリアムが沈痛な表情でいった。「われわれは壁が攻略できていなかったので、フェニックスに針路をとったんです。ハイパー通信で呼びかけましたが、応答はありません。その直後、あなたたちを探知したんです。われわれは古い船団コードにもとづく救難信号を送るというリスクを冒しました。ごらんのとおり成功しましたが。報告できることは以上です。なにが起きたかは、シントロニクスの映像を見れば、もっとはっきりします。とにかくわたしは、ハロルド・ナイマンが裏切るはずはないと思っていました。てっきり病気だと」

「かれは裏切り者でも病気でもない」ローダンはすぐに断言した。

この言葉は次々と反応を引き起こした。とくにガン・ケル・ポクレドは自分を責める発言だと感じ、額の血管がふくれあがる。

かれがけんか腰になる前に、ローダンは五名の訪問者にある情報を伝えることにした。かれらは情報源から長く離れていたため、それを知ることができなかったのだ。

「ハロルド・ナイマンは《カシオペア》とともに、抵抗組織〝ヴィッダー〟の銀河系内の新基地、惑星ヘレイオスにいる。きみたちが出会った生き物はクローンだ！　球型船の《アンドラッシイ》は、カンタロが謀略をはかるために用意した船だ」

イリアム・タムスンはローダンを見つめたまま、固まったように動かない。シソフ・トンクはただうなずくばかり。ポクレドは小声で悪態をつく以外、反応しないように努めた。

「クローン？」船長が唖然としてくりかえす。「にせものということですか？」

「あまり興奮しないでくれ」とローダン。「きみもだ、ポクレド。われわれが知ったのは数時間前だ。きみたちはあの状況ですべきことをした。カンタロのクローン技術を、きみたちはあまりに知らないから。それに、にせものを《バジス》に連れこんだのはハミラー・チューブだ。ハミラーはなぜか、ナイマンのドロイドを《バジス》に乗せたがった。その理由はまだわからない」

「わけがわかりません」シソフ・トンクがいった。「わたしが知るかぎり、有機体を完全に模倣するには、所定の細胞組織が必要で、相当な時間も要する。だから、カンタロは本物のナイマンを支配下に置く必要があった。だが……」

かれはここで言葉を切り、探るような目でローダンを見た。

「ばかげたことをいっていますか？」ツナミ・スペシャリストは不安そうにつけ加えた。

「そんなことはない」とローダン。「ナイマンはカンタロの支配下にはなかったが、左の太ももを負傷したことがある。NGZ一一四五年十二月二十三日、惑星サンプソンでのことだ。大きな傷で、組織がひどく破壊され、大量に出血した。動脈は切れ、骨は砕けていた。カンタロはわれわれの脱出後、さまざまな生体構造の組織と血液を充分に手にすることになった。そしてそこは、クローニングに必要なあらゆる条件が整った繁殖用の惑星だった」

ローダンがいま、事実として伝えた情報を、シソフ・トンクは漠然と理解するにとどまった。アラスは銀河医師種族の視点から吟味する。かれはあらゆる種類の遺伝子技術に精通していた。

「クローニングには充分な材料です。でも、あなたは一一四五年十二月二十三日といった。ナイマンのクローンがわれわれのもとにあらわれたのは、一一四六年一月二十日。その翌日に、かれは《バジス》でスタートした。つまり、カンタロはたった二十八日間で、手に入れた細胞組織からナイマンのドロイドを完成させたことになる。そのうえ、《バジス》の拠点から球状星団M-30までは、高速の《リブラ》でも十五日かかりました」

「そうだ！」ガン・ケル・ポクレドが興奮して叫んだ。「それも、超光速ファクターは六千二百万で。《アンドラッシイ》がわれわれよりも速いとは思えません。二百十万光年の距離ですよ。例の十五日間を差し引くと、クローンはたったの十三日間で完成したことになる。その説明はだれにもできません！　あなたの計算は不自然です、ローダン」

　アラスは嘲弄（ちょうろう）するような笑みを浮かべ、拍手をするように指先をたたいた。ペリーの心中がおだやかでないことが見てとれる。かれは助力を求めるように《オーディン》の首席医師に視線を送った。

　クナル・セルクが自発的に近づいてきた。エルトルス人がその巨体を巧みに操り、密集する《オーディン》の乗員のあいだを通りぬけるさまは圧巻だった。

かれは男性ギャラクティカーを二名ずつ頭上に持ちあげ、空いた隙間に地響きをたてて進むと、ひろい背中に沿って男たちを床に滑り落とした。被害者の悪態をものともせずに。

「このエルトルス人は《オーディン》では〝ブッチャー〟と呼ばれている」だれかがアラスの医師にささやいた。「きみの態度をかれは気に入らないと思うよ」

モス・ハステスは不機嫌そうに振り向いた。かれのうしろには、背の高いアフロテラナーが立っている。

「その意見できみの頭の程度がわかるな」ハステスは手厳しくいいはなった。「わたしに話しかけたのはだれだ？　医師か？」

「ただの技術宙航士でツナミ・スペシャリストだ。かつて《ツナミ＝コルドバ》に乗っていた」とテラナー。「わたしはジャニュアリー・ケモ＝マサイと呼ばれている。父は息子たちを識別するために、月の名前をつけた。変だと思わないか？」

ケモ＝マサイは丸めた背筋をまっすぐに起こした。思案するような目をしている。

「卵を産む生き物にはぴったりだ」ハステスは皮肉をこめていった。

「その発言はもっと、かれの気に入らないと思うが」

「そのとおり！」セルクの声が響きわたった。かれはベッド大の成型シートの前までやってきた。「ここで偉ぶるんじゃないぞ、アラス！　きみたちのだれかが、ナイマンはクローンだと気づけたとしたら、それはきみだ」

ハステスは身長が二・四四メートルのエルトルス人を見あげた。シートの前に、山かと見まごうばかりにそそり立つ。

「反論はなしだ」セルクはかれの発言を制した。「カンタロ＝ドロイドを育てるのに通常、十八から二十カ月が必要となるのは知っている。それをわれわれは繁殖惑星サンプソンで実際に経験し、確認しているから」

「その情報は聞いていない」銀河医師種族の男が不満げにいう。立ちあがろうとすると、エルトルス人に人差し指で押しもどされた。

「ナイマンのクローン、つまり」セルクは気にせずつづける。「将軍候補生クラスの高度なカンタロ＝ドロイドを大至急で育てたら、どれくらいかかるかは不明だ。たしかなのは、《バジス》の拠点までの十五日の飛行時間を使って、ビオントをある程度、出動可能な状態にしたということ。ハイパーカムできみたちに連絡してきたとき、かれはまるで重病人のようだった。その症状をわたしはシントロニクスの記録で確認した。にせのハロルド・ナイマンの行動が肉体的な疲労だけでは説明できないことを、きみはなぜ、船長に指摘しなかったんだ？　アラスの高い資格を持つ医師なら気づいたはず」

「高い資格がないんじゃないか？」ガン・ケル・ポクレドが毒を吐く。

「もしそうなら、銀河系船団に乗りこんでいないさ」セルクがさとす。

「われわれはかれを精神的に混乱していると判断し、《バジス》に立ち入るのを拒否したんだ」シソフ・トンクが口をはさんだ。

「その件はあとにしよう」セルクはいった。「ナイマンのクローンは、一一四五年十二月二十三日より前には生まれようがない。カンタロがかれの細胞組織を手に入れていないから。つまり、ビオントはたった二十八日で育てあげたことになる。それは事実として受け入れるしかない。カンタロにもっと時間があったら、完璧なナイマンがきみたちの前にあらわれていただろう。そうしたら、シソフ・トンクをすぐに認識したし、〝戦死〟や〝命令〟なんて言葉も使わなかった。かれは未完成で、本人の記憶の一部を適切に活用するので精一杯だった」

するとイリアム・タムスンが立ちあがり、手を両耳に押しあてた。

「もうやめて！　これ以上、聞いていられない」彼女が叫ぶ。「ここは裁判所なの？」

「そうではない！」ローダンは決然といい、エルトルス人に合図を送る。セルクは震える女船長をうかがうように見ると、引きさがった。

「ならば、わたしの首席医師を尋問しないでください。かれはこの七百年に起きたことを知りません。タルカン宇宙へ向けスタートしたころ、遺伝子技術の成熟度ははるかに低かったんです。その後もわれわれは二年間も、空虚空間に放置されました。〝繁殖惑星〟という言葉すら聞いたことがないんです」

ペリー・ローダンは彼女に近よった。肩に腕をまわすと、そっとベッド大の成型シートにすわらせた。

「それはわかっている。セルクはやや手厳しい対応だった」

「適切な対応です！」エルトルス人がうしろからがなった。

「ああそう？」イリアムはまた興奮した。「なら説明してよ。二十八日ってどういうこと？　だれがカンタロにあの……あの生き物を、そんな短い期間でつくらせたというの？　われわれの前にあらわれたとき、かれは生きたがらくただった。なぜ、かれらはせめて数カ月の時間もかけなかったの？　なぜ、全知のハミラー・チューブがわれわれの意に反して《アンドラッシイ》を進入させたの？」

「クローンが秘密の合言葉〝ヴァルプルギスの夜〟を知っていたからだ」シソフ・トンクがいった。「いま、われわれは核心に近づいているんじゃないか？　かれはどうして、われわれが聞いたこともない合言葉をいえたんだ？」

ローダンは手をイリアムの肩から離し、自分の髪をなでた。考えこみながら語りはじめる。その口調には、やや内省的な響きもあったかもしれない。

「ナイマンはハミラー・チューブから、《バジス》の指揮をとるよう求められていた」とローダン。「ハミラーはほかのギャラクティカーに指揮権をゆだねようとせず、わたしはそれを受け入れざるをえなかった」

ひろい司令室が静まりかえった。ローダンが核心にふれる。

「惑星サンプソンでの作戦の直前、ハロルド・ナイマンがわたしに、《バジス》をかれの指揮でできるだけ早く、銀河系に移動させることを提案してきた。わたしは同意した。ふたりだけで問題について話しあったさい、わたしがかれに緊急時のコードを伝えたのだ。〝ヴァルプルギスの夜〟は《バジス》の復元後にハミラーととり決めていた。こんなことになって残念だ」

この説明も《オーディン》のすべての部門に伝えられた。徐々にことのしだいがはっきりしてきた……すくなくとも、おおまかな輪郭は。

ローダンは司令ポデストにのぼると、自席にすわった。その場所から議論をまとめようとする。かれの前にひろがる湾曲した全周スクリーンには、球状星団M－30が明るく光り輝いている。

「カンタロがもう時間がないと思った理由は、これで説明がつくな」ペリーは考えこみながらいった。「ナイマンの細胞組織から、かれらはすばやくすべての必要な情報を読みとることになった。そうしなければ、あれほど急いで育てあげることはできないから。わたしの宿敵は機敏だ。テラの船を偽装した旧型の《アンドラッシイ》は、きっととっくに出動準備ができていた。おそらく、べつの目的で。《バジス》はわれわれが望んだ場所……銀河系にいる。それにハミラーがひと役買った」

「ひと役買った？」ガン・ケル・ポクレドはくりかえし、啞然としてローダンを見つめる。「そういいましたか？」

ローダンは眉をひそめ、司令室を見まわした。

「ここは人が多すぎる！　きみたち、なにもすることがないのか？」かれはとがめると、含み笑いを浮かべた。「そのとおりだ、ポクレド！　ひと役買った。それともきみは、完全に混乱したクローンにハミラーがだまされたと、真剣に思っているのか？」

「もちろんです！」とアコン人。

「それは勘ちがいだ、友よ！　〝ヴァルプルギスの夜〟という合言葉だけで信じるほど、ハミラーはお人よしじゃない。《バジス》を安全なかたちで防護壁を通過させる、一度きりのチャンスを利用しようと、瞬時に決断したのだ」

イリアム・タムスンは顔をこわばらせてローダンを見あげた。気づきはじめたのだ。宇宙のゲームのたんなる駒にされていたことに……

「いつからわかっていました？」彼女は愕然としてたずねた。

「きみの船のシントロニクスの宙航日誌が明かしてくれた」

「よかったわ、ゲームに参加できて」彼女は苦々しそうに笑った。「〝クローンに王手〟ですね？　わたしはクイーンだった。もうたくさん！　自分の船にもどっていいですか？」

ローダンはそっと司令室の奥に目をやった。そこには、これまでひとことも発していない、背の高いテラナーが立っていた。ローダンはかれの考えをききたいようだ。長身の男は首を振った。だれもそれに気づかない。

ペリーは手をあげてなだめるような仕草をすると、アラスに振り向いた。

「モス・ハステス……きみ自身と三名の仲間を、どれだけ入念に診察したんだ？　きみたちは麻痺していた。それはきみの記録から明らかだ。シントロニクスの日誌によれば、きみたちが《バジス》からほうりだされるまでに、三時間が経過している。きみたちはその間、なにか知覚したか？」

「なにも！」医師は不機嫌そうに答えた。「パラライズというのは意識を排除する深い麻酔で、ほんとうの麻痺に移行したのは、宇宙空間にほうりだされたあとでした。そこで、わたしはプシオン領域にある知覚の背景を調べようとしたんです」

「その結果は？」

「だめでした。だれが撃ったのか、そのあとなにが起きたのか、われわれのだれも知りません。あなたの説が正しければ、ハミラーはナイマンのビオントの勝手な行動からわれわれを守ろうとしたのでしょう。ビオントには有能な同行者がいたはずです。ビオントが《バジス》への長い旅のあいだに完成したとするなら、かれが《アンドラッシイ》を操縦するのは不可能ですから」

　ローダンはうなずいた。モス・ハステスという男は皮肉屋でよく人を傷つける。だが、その癖をおさえてくれれば、かれとはいい話ができる。

「だからこそ、わたしはクローンのほかにだれが船内にいたかを知りたいのだ」とローダン。かれは振り向き、合図を送った。

「きみの結果はどうだった？」

　だれかが《オーディン》とその設備をののしる声がする。ローダンの席の前にある湾曲した主制御コンソールの陰から、ちいさな頭があらわれた。とんがり鼻に、毛におおわれた顔、ふたつの大きな目。一本牙を不敵にむき出している。

「そろそろいいだろ」グッキーが甲高い声でさけぶと、よちよち歩きで進みでた。「いつまで、このくっさい箱のうしろに立たせとくつもりだい？」

「ここにくさいものなど、なにもないぞ！」《オーディン》の副長が口をはさむ。ローダンの横、副操縦士の席にはノーマン・グラスがすわっている。

「でもくさいんだってば！」ネズミ＝ビーバーがいい張り、両手を腰にあてた。「なんかにおうんだ」

　こんどは、あの伝説的な生き物があらわれた……イリアム・タムスンはもう驚かなかった。ローダンはあらゆる手をつくして、この件を調べるつもりらしい。

「テレパシーで盗み聞きまでするとは!」シソフ・トンクがいった。「ここでわれわれは、なんだと思われているんです?」

グッキーが振り向き、前へ歩みでる。かれの一本牙は口のなかに消えた。

「盗み聞きとはちがうよ!」かれは叫んだ。「対象はあんたたちの下意識だ。それを自分たちでは解明できなかっただろ。でも、なにも見つからなかったよ。あんたらは三時間、ほんとうに意識がなかった。医師のいうとおりだ。それに、まったく正常だ。これで満足かい?」

「心理処置もなしか?」ローダンはたずねる。「ヒュプノ・ブロックと読み出し回路とか、暗示的強制処置が隠れていないか?」

「その手のものはないね」とグッキー。「あったら、とっくに見つけてるよ。かれらはただ、麻痺してただけ。モス・ハステスがなにか見つけるのは不可能だった。プシオン的にも精神物理学的にも。かれらに非難の余地はないよ」

「運のいいやつめ」ガン・ケル・ポクレドが脅す。「ミュータントにこっそり探られるなんて胸糞悪いぜ。われわれが《オーディン》を爆破するとでも思ったんですか?」

「当然だ」とペリー・ローダン。「賢い者ならそう考える。おちつけ、友よ。だれもきみたちに敵意はない。だが、この件は徹底的に真相を明らかにする必要がある。もどりたければ、《リブラ》にもどっていいぞ。きみたちがここにきたときに着用していたセランは、《バジス》の調査任務で着ていたのと同じものだろうな？」

「わかったぞ！」シソフ・トンクが大声で叫び、立ちあがった。「安全な搭載艇で飛ぶのに、なぜ戦闘服を着る必要があったのか！　セランを調べるつもりだったんですね？」

ローダンはただうなずいた。かれの注意は全周スクリーンに向いていた。そこにあらわれた映像は、すこし前に探知され、シントロニクスから報告のあった、カンタロのこぶ型艦の残骸だった。

「当然だ、シソフ」ローダンは心ここにあらずのようすでいった。「わたしの理解が正しければ、ハミラーはわたしになにかを伝えようとした。きみたちの脳になにも見つからないなら、セランのシントロニクスを見てみよう。ピコシンの記憶装置からなにが見つかるかな？　きみたちがむだに三時間も、引きとめられていたはずはない！　ノーマン・グラス……戦闘準備発令！　奇妙な残骸だ。どうも気に入らない」

シソフ・トンクはうんざりするほど聞きなれた、高エネルギー転換機の騒音がなつかしかった。《オーディン》がテラの古い設計による球型船と異なるのは、外見だけではなかった。

6

管制機能が向上し、情報を画像やホログラムでも表示できるようにすることで、誤認の防止につながっている。

だが、こうした目に見える変化をはるかにしのぐ優位性をしめすのが、制御接続系統という目に見えない設計だった。重たい砲塔の展開といった機械的なプロセスはもはや存在しない。

トンクは銀河系船団のメンバーのなかではもっとも経験豊かな武器管制シントロニカーのひとりだったが、《オーディン》のトランスフォーム砲がほぼ即座に発射準備を完了できることに驚いた。

発射準備の命令は、最新のシントロン・ネットワークでは数千から数万の論理結合回路を励起し、素子を連動させる。機械的に発生する慣性モーメントは、ほぼすべて排除されている。

砲塔をくりだすかわりに、砲門をおおうフォームエネルギー製セグメントが分解する。発射口は瞬時に、シントロニクスの目標捕捉システムがそのつど算出する適切な開口角度で出現した。

かつては長い時間と手間のかかった、トランスフォーム砲の装塡プロセスも刷新された。大きく重い尾栓は、火器管制回路の導入により、有効距離がきわめて短く、質量分析コンポーネントが接続された、二次転送機に変わった。

口径、動作方法、総質量もさまざまなトランスフォーム砲弾が、フォーム・フィールド砲弾供給装置で非物質化して放射室に投入され、すぐに使用されるか、一時的に保管される。

シソフ・トンクは管制表示をホログラムに切り替え、展開を追った。

全周スクリーンの一部に、ハイパー探知システムが捕捉した目標とその近傍の映像が見えた。

《オーディン》の司令室に集まっていた乗員たちはいなくなった。みな、機動・戦闘配置についていた。すべてが息もつけないほどの速さで進んでいく。

シソフ・トンクはあたりを見まわした。背後にジャニュアリー・ケモ＝マサイが立っている。ふたりともツナミ・スペシャリストで、長い知り合いだった。両者は同日に《ツナミ＝コルドバ》の任務についた。ずいぶん前のことだ。

身長一・九四メートルのアフロテラナーはトンクよりも頭ひとつ分、背が高い。ケモ＝マサイは《ツナミ＝コルドバ》でスペース＝ジェット部隊を率いていた。

「すごくないか？」かれは声をひそめ、シソフにいった。「《オーディン》はわれわれがかつて、未来の技術として夢に描いていた船そのものだ。カンタロの残骸をきみはどう思う？」

かれはホログラムを指さした。その映像をトンクが注意深くチェックする。

「ローダンは驚くべき直観の持ち主だ。わたしでも戦闘準備を発令しただろう。残骸にしては、接近があまりに速すぎる」

ケモ＝マサイは笑いを押しころした。輝くような白い歯がのぞく。

「なぜ……きみはかれを、深い眠りに沈んだ偉大な遺物などとみなしたんだ？　それは大まちがいだぞ！　かれはあいかわらず元気だ。フェニックス上空で、全能のカンタロに恐れを抱かせたんだからな。わたしは、いつか地球をふたたび目にすることができると信じはじめている。おや、われわれの同行者が目をさましたようだ」

管制情報が表示され、シントロニクスからも連絡が入った。

「物体が飛行姿勢を修正。舷側を向けています。高エネルギー放射を探知。ふたつの狭域に凝集体。武器チャージと同定。砲撃が予想されます」

ローダンは火器管制チーフに行為権限をあたえた。ブルー族のフィリル・ドゥウエルが司令ポデストに合図を送る。トンクはかれが目標捕捉システムの推奨値を、直接入力によって変更するのを見た。

ケモ＝マサイは身をかがめ、トンクにささやいた。

「かれを見ろ！　ハイパー探知が発射閃光を確認するのを待つばかり。ほらな……予想どおりだ。これでかれは満足だろう！」

光の数十億倍の速度で作動するハイパー探知機が、発射による放射を二度、確認した。カンタロの船はまだ十五光秒、離れている。発射砲の光速程度のビームが目標軌道を進みはじめるより早く、《オーディン》のシントロニクスが反撃を開始した。

超光速トランスフォーム砲弾がたちまち、こぶ型艦の前面で爆発。船を壊滅させた。現場でのエネルギー展開は、通常探知ではまだとうてい認識できない。だが、ハイパー探知は、四百五十万キロメートル離れた場所の出来ごとを瞬時に検知する。

エネルギーの放射はハイパープラス画像変換装置によって、急速に拡大する赤く光る球体として表示された。《オーディン》に向かう二本のビームの軌道は黄色いラインでしめされ、どんどん長くなる。《オーディン》に到達する前に、シントロニクスがビームのエネルギー量をすみやかに算出する。

二本のビームがようやく船に到達すると、すでに多層で展開ずみのパラトロン・バリアに衝突し、ハイパー空間にはじき返された。

ほぼ同時に、トランスフォーム砲の爆発場所で白熱球が視認された。みずから放射をつづけながら拡大するその球は、まるでちいさな太陽のようだった。

それを見たローダンが毒虫に刺されたかのように、成型シートから飛びあがった。トンクは、ケモ＝マサイが意味ありげに額にしわを寄せるのに気づいた。

「エネルギー量は？」ブルー族にローダンがたずねた。かれは明らかに自分の感情をおさえようとしている。「TNT換算で百ギガトンはこえていたはず」

「五百ギガトンです」フィリル・ドゥウエルが修正する。「必要な措置でした」

ローダンは固まったように動かない。その氷のような視線にトンクは喉がつまり、思わず咳をした。

「この件は、わたしが船内で処分します」副長がいった。ノーマン・グラスの落ちくぼんだ頬が紅潮している。かれの奥まった目にただならぬ炎が燃えていた。

フィリル・ドゥウエルの措置は、だれが見ても必要な範囲をこえていた。明らかに攻撃を受けて破損し、乗員の生存も探知されないカンタロの船に、そこまでの打撃を加える必要はなかった。そのうえ、シントロニクスのデータから、こぶ型艦側はたった数台の健全な自動装置が、事前に設定されたプログラムどおりに発射しただけだったとわかった。

ローダンはまた席についた。右の小鼻にあるちいさな傷跡が白みがかっている。

ジャニュアリー・ケモ＝マサイが友を隣りに呼んだ。

「グラスは火器管制チーフを説教するだろうな。《オーディン》は乗員の配置が早急すぎた。きっとまだこれから変更があるだろう。この船は弾薬の在庫に余裕がなく、トランスフォーム砲弾は弾薬庫に隣接する格納庫では製造できない。ドゥウエルは貴重な防衛力を浪費した。だからわれわれには《バジス》が必要になる。それも、これまでになく緊急に。きみは《リブラ》にもどりたいと思うのか？」

ケモ＝マサイはなにげなさそうにイリアム・タムスンを見た。彼女は今回の出来ごとについて、ガン・ケル・ポクレド、火星人のフェレン・ア・ピットと議論している。人工太陽は宇宙の深淵で燃えつきた。

シソフ・トンクは立ったままだった。

「なんでまた、そんな質問を？」

ケモ＝マサイは二本の指で自分の細い鼻をなでた。

「ただ思いついただけだ。《リブラ》できみはどうしても必要というわけではないし、ガン・ケル・ポクレドがきみをいらだたせることが増えているようだから。きみたちは同じ〝檻（おり）〟のなかで長く過ごしすぎたんだ。よく考えてみるんだな。《オーディン》のほうは、信頼できる武器管制シントロニカーがいてくれると助かる」

「考えてみるが、わたしのような乗員はそのうち異動があるから」

「自分から異動を希望してもいいんだぞ。ツナミ・スペシャリストなら、どの指揮官も歓迎する」

アフロテラナーは別れを告げ、後部の乗員用ハッチに向かった。警戒態勢が解除された。《オーディン》にいつもの日常がもどった。

しばらくして、ローダンが《リブラ》の乗員代表を会議に招集した。かれは突然、非常に急いだようすを見せる。

「きみたちといっしょに、すぐに防御壁を通過して惑星ヘレイオスに飛ぶことになった。ウイルス壁を突破するソフトウェアは、きみたちのシントロニクスに導入ずみだ」

「クロノパルス壁はどうやって突破するんですか？」イリアム・タムスンはたずねた。

「パルス・コンヴァーターの実装にはどれくらいかかるのでしょう？」

「実装はなしだ！」ローダンはいい、あげた手で仲間をおちつかせようとした。ガン・ケル・ポクレドが攻撃的な目で見つめている。

「おちついて聞け。いまは手もとにないのだ。ヘレイオスに着けば補充分がある」

「つまり、インターコスモでいえば、われわれはまたしても貧乏くじを引いたわけか」アコン人が文句を訴えた。「ずいぶん無理な話じゃないですか」

ローダンはかれを吟味するように見た。

「《リブラ》は大型の《オーディン》のうしろを、できるだけ近づいて航行する……いわば航跡を追従する形だ。できると思うか？　それはシントロニクスの仕事だが、きみたちが精確な操作をする必要がある」

「正気とは思えません！」イリアムはいった。「無茶です！　いくらわたしの船が行動に飢えているからって……」

するとガン・ケル・ポクレドが突然、人が変わったようになった。額の奥でなにやら熟慮している。

「直後を追従しろと？　つまり、われわれを《オーディン》のパルス・コンヴァーターがつくる波にのせ、吸引しながらクロノパルス壁を通過するつもりですか？」

「吸引？　多少ちがうが、ほぼそのとおりだ。複数のユニットで試し、完璧にうまくいっている。クロノパルス壁は驚くほど広範囲に崩されているから。問題となるのは、パルス・コンヴァーターとその〝吸引力〟ではなく、きみたちの船が《オーディン》の飛行条件に適応できるかどうか。それはシントロニクスしだいだ。両船のネットワークを完全に連携させる。作戦行動は、ナノ秒単位で精確に一致させる必要がある」

アコン人がシソフ・トンクを横目で見ながらいった。

「わたしがやります」

その瞬間、トンクは心に決めた。ペリー・ローダンとイリアム・タムスンに、《オーディン》に残っていいか、たずねようと。

トンクの申し出に、ふたりは同意した。イリアムはほっとしていた。いまの状況では、このテラナーはいないほうがいい。

「あなたの荷物は転送機で送るわ」彼女は搭載艇に乗りこむとき、かれに約束した。トンクはただうなずいた。かれは《リブラ》を去ることを残念には思わなかった。

ガン・ケル・ポクレドはずんぐりしたテラナーをにやにやと見ている。

「わかったぞ！　ブルー族の失態はちょうどいいタイミングだったんだな？　あんな、資源をむだ遣いするようなやつは、ツナミ・スペシャリストと喜んで交代しないとな。おまえの顔など、もう見たくない！」

アコン人は背を向け、搭載艇に乗りこんだ。ローダンは分析者の目で一部始終を観察し、思いいたった。この機会に、《リブラ》のギャラクティカーには、惑星へレイオスで休暇をとらせなければ、と。

エアロックの内側ゲートが閉まった。搭載艇が格納庫から発進した。

ローダンはパイプ軌道のシリンダー状の滑走車輛を指さした。それは船内に数ある連絡手段のひとつだった。

「すわってくれ、トンク。きみの決心はわたしにとっては好都合だが、ポクレドが考えるのとは理由が異なる。《バジス》を見つける必要があるからだ。きみにいくつも訊きたいことがある」

「そうだろうと思いました。われわれのセランをごらんになりますか?」

「できるだけ早く見たい。ハミラーはヒントをくれているはずだ。きみはもう一度、セルクに診てもらうといい。《オーディン》のラボは一流だ。アラスもなにか見落としているかもしれない」

トンクはただうなずいた。かれはすべてに満足だった。

*

ジャニュアリー・ケモ＝マサイはインターカムのモニターを消した。ローダンとトンクを乗せたパイプ軌道の車輛はもう見えない。

「満足ですか?」かれはおもしろくなさそうにたずねた。「こんなきたないやり方をするなんて。まったく性に合いませんよ!」

「それはこっちのせりふだ!」フィリル・ドゥウエルが文句をつけた。浅い鉢のようなかれの頭部の薄紅色の肌は、興奮で青色に変わった。生まれつきの高い声は、笛のような音に聞こえる。このブルー族は納得がいかないようすだ。

「わたしは愚の骨頂のようなことをして、貴重なトランスフォーム砲弾をむだ遣いするはめになった」とドゥウエル。「わたしはこの船で信用を失ったんだ。ローダンはすぐにわたしに厳しい対応をとった。そんな仕打ちを受けてまで、する価値がある行為だったんですか？」

「《バジス》には、はるかに大きな価値がある」ドゥウエルが話しかけたギャラクティカーは断言した。かれこそ、《リブラ》の乗員の話を聞いていたとき、ローダンに合図を送った男だった。

かれはテラナーで、背丈はケモ＝マサイと同じくらい。漆黒の髪をうしろになでつけている。ラサト疱瘡（ほうそう）のあばたが残る顔は何百年たっても変わらない。その顔が、厳しいかれを魅力的で表情豊かな印象に導いた。

ロナルド・テケナーはあいかわらず、どんな状況でも頼りになる男だった。そうでなければ、ケモ＝マサイやドゥウエルのようなギャラクティカーが、かれの提案を受け入れることはなかったろう。

テケナーは独特なライトブルーの目でふたりの乗員を見つめた。その色は黒髪と鮮やかなコントラストをなす。かれの唇に笑みが浮かんだ。

ケモ＝マサイはますます不安になった。テケナーは二千年以上前に〝スマイラー〟というニックネームをつけられた。かれの微笑（スマイル）をあまりに何度も頻繁に見た者は、たいていもう勝ち目がなかったのだ。

「きみの名誉はできるだけ早く回復させるつもりだ、ドゥウエル」テケナーはいった。「当面、きみは冷遇を余儀なくされる。シソフ・トンクはみずからの意思で行動したと、完全に思いこんでいるはず」

「へえ、みずからの意思で？」ケモ＝マサイは不満げだ。「わたしがかれにアイデアを吹きこんだんですよ。いまごろ、かれはローダンに、火器管制センターをまかせるよう説得しているかも」

「それはないだろう」テケナーは冷静に応じた。「トンクのような男のことは知りつくしている。かれはむしろ、ドゥウエルにやさしくしようとするだろう。いずれにせよ、われわれはかれを無理なく船内に呼びこんだ。《バジス》で麻痺させられた四名のうち、かれがもっとも精神的に成熟している。われわれの計画を進めるうえで、かれは都合がいい」

「プシオン尋問でもする気ですか？」ケモ＝マサイがたずねる。かれは良心の呵責に苦しんでいた。「シソフ・トンクはただのツナミ・スペシャリストではなく、友です」

「だからこそ、きみからかれに、《オーディン》に搭乗するよう強く勧めてもらったんだ。尋問などするものか。わたしはただトンクを自分なりの方法で見守りたいだけだ。かれが操作されていないか確認するために。カンタロはそうした能力にかけては天才的だ。かれらのことは、きみたちよりも、すこしばかりよく知っている。この芝居にそれ以上の意味はないんだ。トンクにはあとで謝罪する。きっとかれもわかってくれるさ」

「トスタンがいいそうなことだ」ケモ＝マサイはおちつきをとりもどしていった。

ロナルド・テケナーは静かに笑った。

「あのカジノで失ったUSOのコルヴェットのことを思うと……やっぱりわれわれはみな、ただの人間だな、ケモ。きみもそう思うだろ、ドゥウエル」

テケナーはギャラクティカーの肩をたたき、にこやかに笑っている。ブルー族は前面にあるふたつの目でかれを凝視した。

「いまの笑顔はおかしかったんですか、ほめたんですか、それともばかにしたんですか？」ブルー族が声を響かせた。テケナーはブルー族の首の付け根にある発話孔に、おもしろそうに目をやった。

「寛容の笑みだ！　五百ギガトンの爆弾をブリキ箱に打ちこむようなやつに、それ以外にどう接しろと？　以上だ、友よ。ローダンには当分、なにもいうな。いいな？　かれに影響をおよぼしたくない。シソフ・トンクはどこかでなにかをされている……そっちに賭けよう」

テケナーは立ち去った。隣接するキャビンで、ジェニファー・ティロンが待っている。人生でもっとも困難な時期に、彼女に寄りそってくれる男を。

ジェニファーはこの数時間でますます老いていた。細胞活性装置を失ったことは、イルミナ・コチストワの力でも、完全には無効化できないようだ。テケナーはそれについてなにも語らなかったが、かれの心のうちを知っているのはローダンだけではなかった。

ジャニュアリー・ケモ＝マサイはまだしばらく、活性装置保持者が消えたハッチを眺めていた。やがて、ドゥウエルの細い肩に腕をまわした。

「なあ、悪役よ、もうすぐ航行がはじまる。われわれはいい仕事をしたんだ。そう考えよう。テケナーはつねに明確な目的と意志をもって行動する男だ。なんなら一度、古い記憶装置で、かれのこれまでの業績をたしかめてみろ」

「とっくにしたよ」ブルー族がただす。かれは自分の役割に折り合いをつけたようだ。「わたしはただ、いわれなく物笑いにされたくなかっただけだ」

7

ホーマー・ガーシュイン・アダムスはこの十六カ月間に何度も、拠点惑星ヘレイオスの司令本部に駆けつけるはめになっていた。だが、NGZ一一四六年二月十八日はこれまでになく、大あわてで急行する出来ごとがあった。

抵抗組織〝ヴィッダー〟のギャラクティカーで構成される司令部の要員は、全員が本部にそろっている。惑星に接近する二隻の船は、前哨基地によって定時に探知されていた。

アダムスは最後に到着した。すでに入口は人でふさがれ、制御装置の前はかなりの人だかりだった。アダムスは自由商人とかつての銀河系船団メンバーのあいだをなんとか通りぬける。

NGZ一一四四年八月に恒星セリフォスの第四惑星に再入植してから、一年半がたっていた。旧ハンザ基地の未完成だった施設を苦労して根気強く拡充し、いまでは所定の業務が完璧に遂行できるまでになった。

食糧供給問題もすでに過去の話だ。

工業施設も稼働を開始した。当初は計画になかった完全自動化した新工場も、ヴィッダーの主導で完成した。

いまは惑星フェニックスから到着した設備や機器を、追加で設置する段階だ。ヘレイオスは活気にあふれていた。

アダムスは背中を丸め、足をひきずりながら、制御装置の前のひとつだけあいた椅子に向かおうとする。自由商人たちはしぶしぶ通路をあけた。かれらはとりわけ自尊心が強く、その代表者の多くはまだ、ヴィッダーに対してどのような態度をとるべきか、決めかねていた。

アダムスは息を切らしながら席に着いた。その大きすぎる頭は汗びっしょりだった。

司令室前方の壁にある巨大モニターに、さまざまな機器から送られてくる映像がうつしだされた。

まず、広大な星系の向こうの自由空間がうつり、次に恒星系そのものが見え、最後に人物があらわれると、その場が大騒ぎになった。

ペリー・ローダンが等身大でうつしだされた。その隣りには《オーディン》司令部の大部分が見える。アダムスは画面で、惑星の安全にかかわる重要なポイントを、細部まで厳しくチェックした。

ローダンの唇が動くのが見えるが、なにも聞こえない。司令本部の騒ぎは、予想外の音量に達していた。

高齢のテラナーにはわけがわからない。フェニックスから到着した自由商人たちはなぜ、これほど大騒ぎをしているのだろう？　ローダンはその理由ではない。かれはずいぶん前から、銀河系の外側で確認されていた。

そのとき、アダムスはつつかれるのを感じた。振り向くと、すぐ目の前にオンドリ・ネットウォンの唇があった。かれは驚いてのけぞった。

「ここのみんなは頭がおかしくなったのか？」カメラのような記憶力をもつ半ミュータントが叫んだ。「なにが起きたんだ？」

赤い唇がさらに近づいてくる。かれの耳に触れそうだ。

「《バジス》が銀河系にいるんですよ！」若い女性が叫んだ。「聞こえます？《バジス》がここにいるんです！乗っ取られていた、あの船が」

アダムスはまた、曲がった背骨にはしるような痛みを感じた。細胞活性装置が即応して高速パルスシーケンスを照射し、痛みを除去した。それでも痛みはあることを、アダムスはよく知っていた。その原因を見つけなければ。

ローダンがふたたび話しはじめると、ようやく静かになった。二隻の宇宙船は第十惑星軌道上にある前哨基地に、ほぼ光速の速度で接近してくる。

「われわれの後方の宇宙船は《リブラ》だ」ローダンが伝える。「特別な事情があって、すぐにハイパーカムで連絡をしたのだ。わたしの到着が遅れた理由は《リブラ》だ。この船はパルス・コンヴァーターを所持していないので、クロノパルス壁を通過させるのは予想以上に困難だった。そのうえ、シントロニクスは時代遅れで必要な詳細を伝えてこない。最新化するのに時間がかかったのだ。きみたちの側はすべて順調か？」

ふたたび騒がしくなり、アダムスが静粛を求めた。浮遊マイクロフォンがかれの口元に移動する。

「すこぶる順調です。自由商人たちはプログラムどおりに到着しました。カンタロには探知されていません。《バジス》がどうかしたんですか？　あなたがフェニックスヘスタートしたとき、この船の話はありませんでしたが」

ローダンは苦笑する。

「あたりまえだ！　《カシオペア》のハロルド・ナイマンは近くにいるか？」

はるか後方で中背の男が手をあげた。ギャラクティカーのあいだを押しわけ、進みでる。

「かれがきます」アダムスが浮遊マイクロフォンのエネルギー・スパイラルのなかでいった。「たぶんですが。褐色の髪、丸い顔、アジア系の顔立ちの男です。わたしはあなたの仲間をあまり知らなくて。かれがどうかしたんですか？」

「かれが《バジス》を乗っ取ったんだよ！」ペリー・ローダンが茶化(ちゃか)すような笑みを浮かべていった。「やあ、ナイマン。元気か？」

「まだ元気です。わたしが乗っ取り？　それも《バジス》を？　もっとくわしく説明してください」

球型船《カシオペア》の格納庫チーフで搭載艇艇長のナイマンが、アダムスの横にくる。

「足の傷はどうだ？」ローダンは話をそらす。「よくなったのか？」

ハロルド・ナイマンは、ローダンがこの質問をするのには、なにかわけがあると予感する。

「すっかり回復しました。わたしは完全に出動可能です」

ローダンがだれかにうなずいた。その人物はまだモニターにうつっていない。すると、ずんぐりしたテラナーがひとり、カメラの前にやってきた。

ナイマンにはその男がすぐにわかった。

「シソフ・トンク、なぜきみが《オーディン》にいるんだ？」かれがたずねる。「きみは《リブラ》に配属されたはず。その怪しい事件になにかかからんでいるのか？」

トンクはゆっくりとうなずいた。かれの探るような目が、ナイマンには不快だった。

「きみの分身に会ったよ。カンタロのクローンだったが、あまり元気そうじゃなかった」

「話はそこまでだ」ローダンがはじまった議論を中断する。「できるだけ早く着陸したい。《オーディン》を探知されないように格納できそうか？」

アダムスは遠隔画像とナイマンを交互に見た。これから困難がはじまる……そんな予感がした。

「これまでに拡張した格納庫にはおさまりません。フェニックスの船が占めているので。検討してみます。あなたの船は防衛域に近づいていますね」

「われわれ二隻をヘレイオスの軌道に誘導してくれ。できれば最短ルートでたのむ。四度も五度もハイパー・ジャンプをするのはごめんだ」

アダムスはためらった。セリフォス星系の保安措置では、接近する宇宙船は、ハイパー・ジャンプを制御するシントロニクスと連携した、保安チェーンを通過して誘導するよう定められている。

「了解しました」アダムスは心を決めた。「われわれの原則には反しますが、着陸進入管制コシピュータで直接、二隻を受け入れます。わたしは……すこし、お待ちください。《シマロン》のレジナルド・ブルから連絡が入りました。《バジス》の件について、事前に資料をいただけますか？」

ロナルド・テケナーが手で拒否の合図をするのが見えた。かれは《オーディン》の司令室の奥にあらわれていた。司令ポデストに向かってなにか叫んでいる。

「いや、事前にわたせる資料はない」ペリーはいった。「ナイマンを模したクローンだった。事前情報はそれだけだ。コード制御システムへの受け入れをたのむ。以上だ」

アダムスはオンドリ・ネットウォンに向かってうなずいた。彼女の指先が指令キィの上をはしる。

この若い抵抗戦士の顔から、アダムスには、彼女が今回の奇妙な出来ごとをどう思っているかが読みとれた。

オンドリは懐疑的だった。彼女はクローン作製にまつわる問題をよく知っている。工作活動中に一度ならず、ビオントのふりをするはめになったから。

ハロルド・ナイマンも似た考えのようだ。かれは身をかがめてオンドリにささやいた。

「わたしのクローンがつくられたんだろうか？　ローダンがわけもなく、わたしの怪我のことを訊くはずはない。わたしは惑星サンプソンで大量に失血した」

「おそらく、組織もたくさん失ったわね。血や組織は、カンタロ帝国では入念に除去すべきだった。ビーム放射がベスト。細胞を残しちゃいけないのよ。あなたはかなりの重要人物でしょ？」

かれは姿勢をただし、美しく厳しい彼女の顔を見つめた。赤褐色のつやのある髪に、かれは目を奪われた。

「どういう意味だ？」ナイマンが不安そうにたずねる。

「あなたたちがハミラー・チューブと呼ぶあのしろものは、あなたをどうしても《バジス》の船長にしたいのよ。違うかしら？　まあ、とにかくよく考えることね。秘密を守るべき者は、どこかで細胞物質を失わないように注意しないと。それはかんたんなことでしょ！」

＊

女はとり乱し、半分ほど水の入ったコップをテーブルから突きとばした。ロナルド・テケナーがあわてて駆けよる前に、コップは床に落ち、粉々になった。

百五十歳ぐらいに見えるその女性はテーブルにもたれかかった。呼吸が荒い。束状に絡まった白髪が顔をおおう。その老けた顔を男の視線から隠そうとしたが、むだだった。

イルミナ・コチストワは死にゆく運命にあった。細胞活性装置を失ったのだ。その作用をメタバイオ変換能力で補おうとしたが、充分な成果は得られていなかった。

「もう無理だわ、テク、無理なのよ……」彼女はとぎれとぎれの声でいった。「もう、わたし自身すら救えない。テク、あなたの奥さんはどうなってしまうかしら？」

テケナーはなんとか動揺せずに、彼女の絶望した目を見ようとした。かれの笑みが不自然にゆがむのを、彼女は見落とさない。

「解決策を見つけるんだ」かれは彼女の絶望をやわらげようとする。「セッジ・ミドメイズにあらたなアイデアがある」

「かれにはないわ！」イルミナは否定した。「細胞の崩壊はだれにもとめられない。ほんとうに残念だけど、わたしたちは楽観的すぎた」

彼女はかれの腕から離れ、医療ステーションのドアに向かった。その姿を見送るテケナーの心は、深いショックを受けていた。

かれはコンビネーションの胸もとのチャックを開け、空調設備から流れる冷気を浴びた。素肌にさげた細胞活性装置はいつもどおり力強い拍動をつづけている。テクはこの生命維持装置に自分が依存していることを、これまでになく強く実感していた。

かれは振りかえり、ジェニファー・ティロンに目をやった。彼女は成型ベッドに横になり、目を閉じている。

この十日間、彼女はどんどん老いていった。細胞崩壊が進んだ痕跡が、彼女にもくっきりと残されていた。

テケナーは彼女のそばによった。ためらいながら、自分の細胞活性装置の鎖をつかむと、頭を抜いてはずした。

そのとき、ティロンが突然、口を開いた。

「だめよ、テク、やめて！　あなたの活性装置では、わたしを助けられない。いまのわたしの老化段階では、再活性するのに百時間から百二十時間はかかる。そのあいだに、あなたが死んでしまうわ。イルミナの力はどんどん弱くなっている。彼女はあなたを防御できない。活性装置をもとにもどして、お願い！」

テケナーは彼女のいうとおりにすると、ベッドの横にすわった。彼女の右手をそっと両手で包んだ。

かれは慰めの言葉を探している。彼女はかれにほほえみかけようとするが、みごとに失敗した。

「ペリーがあなたを待っている」彼女がささやいた。「《オーディン》にいかないと」

数分後、彼女は眠りこんだ。かれの言葉は、彼女には聞こえないまま消えていった。かれは彼女の呼吸が安定するまで待った。投与した薬が多少とも、彼女を楽にしたようだ。

かれはようやく、のろのろとドアに向かって歩きだした。自分がずいぶん年老いたように感じる。テケナーは思い出していた。幸せだった時を。そして、宇宙的カタストロフィ後に妻といっしょに乗りこえてきた苦難の時を。

そのすべてがいま、終わろうとしているのか？　たかが、未知者に彼女の細胞活性装置を奪われただけで？

彼女は未知者について説明しようとした。それは巨大な炎のようで、あらわれたとき、氷のような寒さがひろがったのだと。

そいつが細胞活性装置を奪いとるのを、なにもだれも、阻止することはできなかった。

ロナルド・テケナーは立ちどまり、うしろを振り向いた。妻の最期のときは、今日あすではないものの、近いうちにやってくる。それに対して、自分にはなにもできない……なにひとつ！ 唯一の望みは、その未知者にいつか出会うこと。それを願うしかない。

その望みも、かれの心の苦痛をやわらげてはくれなかった。ジェニファー・ティロンは、メタバイオ変換能力者のイルミナ・コチストワにつづいて死を迎えることになる。それはぞっとするほど確実だった。

基地のクリニックの外で、ジャニュアリー・ケモ＝マサイとグライダーが待っていた。黒い肌を持つこの大男は開いたハッチのわきに立ち、テケナーを待ち受ける。テケナーはこの男にとって、はじめて会う前から敬意を抱いていた人物だった。

ラトバー・トスタンから、かれの話をいろいろと聞いていた。トスタンが中毒から抜けだそうと苦しんでいたとき、助けてくれたのが、かれのかつての師、テケナーだったのだ。この話を知っているのは、トスタンが信頼をおいていたわずかな者だけだ。

ケモ＝マサイは手をあげて挨拶をした。

テケナーはアフロテラナーに向かってうなずくと、グライダーに乗りこんだ。機は飛びたち、《オーディン》が対探知策をとって着陸した、深い峡谷をめざして飛行する。

するとテケナーがようやく口を開いた。

「アンブッシュ・サトーとセッジ・ミドメイズは、なにか新しい知見を得たのか?」

ケモ＝マサイは、スマイラーが平静をとりもどしたように見え、安堵した。

「まったくなにも！　《リブラ》の四名はシロです。ヒュプノ・ブロックや、コードに反応する暗示物質はなにも隠れていないし、異物も見つかりません」

テケナーは前方に目をやった。かれの視線はどこかさびしそうだった。

「わけがわからん！　カンタロは、四名のヒューマノイドを、なんの危害も加えずに無条件で自由空間に解放するような、高潔な種族ではない。しかもセランを着せてだ！」

「ハミラーは自分がそれを強いたといっています」

テケナーは疑わしそうに頭を振った。

「それに、だれが銀河系まで《バジス》を操縦したんだ?　古いテラの技術による、あのおそろしく複雑な産物を?」

ケモ＝マサイはいらだちをおぼえた。テケナーの理詰めの問いはしばしば相手に苦痛をあたえる。

「ハミラー・チューブもいましたから。われわれの専門家は、ハミラーは緊急時には《バジス》を単独で操縦可能だったと主張しています。それに復元後、《バジス》には数々のあらたなシントロニクスが接続されました」

テケナーは考えこみながら、自分のコンビネーションの袖から、カブトムシに似た昆虫を指ではじきとばした。虫が飛び、キャビンの奥に場所を変えた。

「まあいい、とりあえず事実として受け入れよう。ハミラーはそれについて、なにもいっていないしな。ハミラーが特定した座標は再チェックしたのか？　いろいろ訊いてすまないが、わたしはしばらく不在だったので」

「もう、何度も」ケモ＝マサイはほっとして答えた。話が客観的な事実に切り替わったことを喜んだ。「ハミラー・チューブは厳密に計画していたようです。四名のセランのスーツにあるピコシンは、どれも同じ情報を含んでいました。明らかに操作はされておらず、ハミラー自身がマイクロ・ストレージに入力したものです。そこに含まれるコードは、本物のナイマンが知らなかったので、その複製も知りようがない。ルナのスーパーコンピュータ、ネーサンでさえ知りえません。ローダンとアトランだけが知る個人データも付加されています。たとえば、ペイン・ハミラーが生まれた古い《ソル》に関するデータなどです」

テケナーは簡素な椅子にもたれかかり、窓から下を見た。

基地の北にある山々はすでに飛びこえた。熱せられた大気が斜面をゆらめき昇り、乱気流を引き起こす。ヘレイオスは美しい惑星だった。ただ、重力が一・二Gであることが、テケナーには気に入らなかった。テラに起源を持つヒューマノイドがこれに慣れるには、長い時間を要する。抵抗組織の戦士の多くや、惑星にきたばかりの自由商人はまだ、アブソーバーの数値が可変の重力調整装置を身に着けていた。

ケモ＝マサイが突然、グライダーの速度を落とした。横にいるテケナーに、口ごもりながら話しはじめる。

「ローダンからあなたに伝言があります……もし、あなたがこの基地にとどまりたければ、だれも反対しない、と。われわれは《バジス》に向かう乗員がそろったら、すぐにスタートします。乗員数は八百名。指揮はハロルド・ナイマンが務める予定です。まだ引き返せますよ」

「クリニックにか？」テケナーがたずねた。ケモ＝マサイの好みからすると、かれはあまりに平静だった。「ペリーはわたしがジェニファーのそばにいたほうがいいと思っているんだろうか？　わたしはつねに彼女とともにいるんだ、マサイ。わたしがどこにいようとも。どの瞬間も！」

ジャニュアリー・ケモ＝マサイは返事を控えた。テケナーの心のうちが察せられたから。

グライダーは山に囲まれたひろい盆地のなかへと進む。直径五百メートルの宇宙船がそびえるさまは、まるで鋼の山脈のようだ。対探知バリアは解除されている。

四百名のギャラクティカーが、《オーディン》への搭乗を待っていた。そのほかの四百名は、《シマロン》と《リブラ》にわかれる。より小型のこの二隻は、基地の格納庫に駐機していた。

ローダンの予感は正しかった。ハミラーはセランにあるピコシンのマイクロ・ストレージを利用して、重要な情報を伝達しようとしていた。それは成功したのだ。この情報はヘレイオスに着陸進入中にすでに解読され、評価され、本物と断定された。アンブッシュ・サトーとセッジ・ミドメイズもそれを確認した。

内容から判断すると、ハミラー・チューブはにせのナイマンをすぐに見抜いていた。これはローダンとテケナーが考える筋書きと一致する。さらに、《リブラ》の乗員四名の命が助かったのは、ハミラー・チューブのおかげであることがわかった。

ナイマンのクローンは、ギャラクティカーを無傷で解放するしかなかったのだ。さもなければ、ハミラーは操縦に協力することを拒否していた。この点も理にかなう。ただ、ハミラー・チューブの全体計画は驚くほど大胆だった。クローンの助けを借りて巨大な《バジス》を銀河系に移動させる。そこで電撃的に操縦を引きつぎ、指定場所でペリー・ローダンに引き渡す……

まさにそこが、ロナルド・テケナーのような経験豊かな男には引っかかる点だった。テケナーはグライダーを降り、重量級の《オーディン》が駐機するエネルギー・フィールドに向かった。

船体下部の色で識別された構造開口部の横に、ホーマー・G・アダムスが立っていた。大型エアロックから船内に流れこむギャラクティカーたちを見守っている。

アダムスはテケナーに手で挨拶をすると、探るような目でかれを見た。

テケナーは質問をされたくなかった。ジェニファー・ティロンの状態を知られていたから。かわりにかれが率先して話を切りだした。

「順調ですね、旧友。ヴァリオ＝500はいるんですか？　同行してくれると助かるんですが」

アダムスは残念そうに両手をあげた。

「不可能だ、テク。わたしにはどうしようもない。われわれのスーパーロボットは現在、複雑かつ広範な再生作業中なんだよ。とくに繭マスクを再建する必要がある。いまは、皇帝アンソン・アーガイリスとして姿をあらわすことはできない。タイミングが悪かったな」

百メートル離れた、球体セルの側面が上へ向かって盛りあがる場所で、大勢のギャラクティカーに動きがあった。サーモ砲が数発、大気を突き破る音が響いた。

翼竜が一頭、《オーディン》乗員のスヴォーン人を獲物として襲おうとしたのだ。この太古の生き物は高い鳴き声をあげながら、猛烈な炎のなかに消えていった。

「不吉な予兆ですね、旧友」ロナルド・テケナーが予言する。「ここにはいたるところに死がある」

かれは立ち去った。ホーマー・G・アダムスは沈痛な面持ちでかれを見送った。

8

《オーディン》のアインシュタイン空間への復帰は、いつものやり方で、いつものように精確におこなわれた。それがそもそもどんな驚くべき事象なのか、注目する者はもういない。自動的に出てきた清涼飲料水をつかむような、あたりまえのプロセスになっていた。

この大型船のなかにただひとり、昔の遷移エンジンを思い出さずにはいられない男がいた。

再物質化直後の肉体的な苦痛、遷移計算が誤りではないかという果てしない不安、核放射エンジンの狂気じみた轟音、酷使された船殻の異様な揺れ……ペリー・ローダンの心の目の前に突然、これらのシーンが浮かんだのだった。

遷移とは上位次元を強引に引き裂くことであり、非物質化状態でしかそこを通過することができない。この方法でまず、古代アルコン人たちが時空を征服し、地球の知的住民がそのあとにつづいた。

そしていま……ローダンは思わず笑みをこぼした。いまやスーパー宇宙船で、二万七千光年先をめざしてあたりまえのように航行中だ。通常空間への離脱と方位確認の航程は、二度だけ予定されている。超高速シントロニクスはそれだけで、目的地を夢のような信頼度で見つけられるのだ。人類にとっては月への最初の有人飛行のほうが、よほど緊張を強いられただろう。

ローダンは安全ベルトをはずし、立ちあがった。ノーマン・グラスはすでにシントロニクス結合体の要求を確認する作業に入っている。残るはわずか五千光年だ。

大型スクリーンに、超光速探知で確認された二隻の宇宙船が、レリーフ画像としてあらわれた。あらゆる種類のデータが表示されている。

「大冒険はおしまいですね？」だれかがたずねた。

ローダンが振り向いた。ロナルド・テケナーがひそかに司令ポデストにやってきていた。かれは友にほほえみかける。友の考えに気づいているようだ。

ペリー・ローダンは咳ばらいをして愉快そうに片目をつぶった。

「きみがそれを、きみのフェニックスの偽装した自由海賊たちに話したら、かれらはひどく傷つくだろうな。まあ、いい。シソフ・トンクの件はどうなった？　きみはずっとかれを監視しているようだが」

スマイラーはローダンに笑みを送った。ふたりの考えはたがいにお見通しだった。

「気づいていたんですね。いいえ、トンクの行動に異常な点はまったくありません。ほかの三名についても、イリアム・タムスンはなにも問題を感じていません。あれがゴールンですか？」

あばたの男は全周スクリーンを指さした。右上に、放射力の弱い大きな暗赤色の星が見える。

その第二惑星ゴールンⅡは、太陽系帝国の時代には、ホワルゴニウムを豊富に産出するきわめて重要な惑星だった。

「あれがゴールン。われわれが目的とする宙域の基準星だ」とペリー。「目的地の座標は、恒星ゴールンからさらに三百光年の距離だ。この古い星は強く記憶に残っている。だからハミラーはわれわれの目的地に選んだのだろうか？」

テケナーは気づいていた。ローダンはかれに負けずおとらず危険を感じている。なにもかも順調にいきすぎだ！　このことが、ふたりのような経験豊かな戦略家には、どうも怪しく感じられるのだ。

ハミラーはセランのスーツにあるピコシンのマイクロ・ストレージに、二種類の座標セットをおぼえさせていた。

ひとつはナイマンのクローンが要求する《バジス》の目的地。それは巨星ヴェガと同一座標だった。そこから《バジス》を太陽系に移動させたかったようだ。おそらく、経験豊かなテラナーの乗員を一名、監督につける算段だ。

ハミラーはそれを望まず、ナイマンのクローンの指揮下にいる乗員、すなわち、カンタロの最先端技術で製造された八体のロボットを、ギャラクティカーたちが乗りこむ前に排除しようとしていた。

いまやクローンは成長をとげ、とても活発になっているだろう。それをどう、意のままにするつもりなのか。その説明はなかった。

第二の座標セットは算出の結果、銀河系辺縁部に位置する、恒星ゴールンから三百光年離れた場所と特定された。

この場所で、ハミラー・チューブは《バジス》とともに、ローダンを待っている。その計画は大胆きわまりない。ハミラーの希望どおりにいくか……それはもうすぐ明らかになる。

NGZ一一四六年二月二十五日のことだった。船内時間で十六時に最後のヴィデオ会議がはじまった。

旧型のテラの船、《リブラ》と《シマロン》は適応機動をすでに終えていた。光速周波数での作業が可能。探知の危険は無視できるほど低い。

イリアム・タムスンとレジナルド・ブルが、ホログラムにあらわれた。三隻の宇宙船の乗員と、ハロルド・ナイマン指揮下の特務部隊のギャラクティカー八百名も注目する。

ローダンはありのままの状況を話した。どうせ事実は知られていた。

「われわれはともに目的地に向かってスタートする。全部隊に戦闘態勢を命じる。もしハミラーが機能不全におちいっていたら、そこにはだれもいないか、カンタロが待ち受けているかのどちらかだ。つまり、奇襲砲撃があるかもしれない。そのときには、ただちに逃げられるようにしてくれ。武器に由来するエネルギー放射が探知されたらすぐに、シントロニクスが救助のためハイパー・ジャンプを開始するが、数妙はかかってしまう」

ローダンは咳ばらいをし、《オーディン》の司令室を見まわした。かれの口調が強くなる。

「そのような事態になったら、すぐさま狙いを定め、あらゆる砲塔で反撃しろ。ハイパー空間に姿を消せるまで、安全な空間を確保しろ。セランを着用し、突入直前にヘルメットを閉じること。爆発による圧力低下、熱波、白熱した鋼破片の飛来を覚悟しておけ」

ロナルド・テケナーはローダンの背後に立ち、ほほえんだ。ペリー・ローダンはふたたび、以前のかれにもどっていた。

*

《シマロン》と《リブラ》の構造ショック波が、同時に時空構造を引き裂いた。《オーディン》は計画どおり、十秒後に通常宇宙へと突入。探知機とハイパー通信がすぐに反応した。

「こちら《シマロン》のレジナルド・ブル、《オーディン》応答せよ」声が響いた。

「目標宙域内、視界良好。見わたすかぎり、カンタロ船はなし。十光分前方に、古きよき《バジス》が見えます」

ローダンはセランの圧力を調整すると、折りたたみ式のヘルメットをうしろにずらした。生物で満員状態の司令室に典型的なにおいが鼻をつく。戦闘スーツ内の空気のほうがまだましだった。

「まちがいないか？」かれは浮遊してきたエネルギー性マイクロフォンに向かって話す。

「歴史的なパンケーキにしては大きすぎますから」とブリー。「ハミラーは、ひろい宇宙にひとりきりかのようにエネルギーを放射しています」

「そのとおりですよ、ミスタ・ブル」聞きなれた声がする。「わたしが自分の設備を自在に使用できる能力を、あなたは疑っていたのですか？　おかげであなたたちは《バジス》を容易に探知できたでしょう」

「もし、あれがハミラーでなかったら、ネズミ＝ビーバーの虫食いだらけの毛皮を剥いでやりますよ」レジナルド・ブルがいい張る。怒りの悲鳴を聞くと、かれはすぐさまつけ加えた。

「ああ、聞かれちまった。ポジションにもどります、以上」

ローダンはグッキーの悲鳴にかまいもしない。《オーディン》の探知結果は、あの空虚空間に浮かぶものがなにか、はっきりとしめしていた。

《バジス》の巨大な輪郭は、見まちがいようがない。捕捉された放射をただちに評価したところ、偽装などはないことが確認された。

あの小難しい言いまわしもハミラーそのものだ。ローダンはそもそも疑ってはいなかった。あれはほんとうに《バジス》らしい。それでも、かれの直観が警報を鳴らすのだった。

ロナルド・テケナーも同じだった。たったいまあらわれたホログラムを、疑わしそうな目で凝視する。そこにはデッキ構造が拡大表示されていた。するとハミラーは、みずからが収容されている空間に映像を切り替えた。

壁にある長い操作盤が見える。そのとき、いかにもハミラーらしい言葉が聞こえてきた。

「歓迎します、サー！　わたしは《オーディン》を知りませんが、きっとあなたの新しい旗艦でしょう。同時に、わたしがあなたのために記録した情報を、正しく解釈してくださったことをお祝い申し上げます。わたしはカンタロのロボット八体を、無害化するのに成功しました。《バジス》がお呼びでない勢力の手にわたる前に、危険を回避したんです。かれらはあっけにとられたはず……そう思います」

「そう思うのか」ローダンは懸念の表情でくりかえす。かれの頭に考えが次々と押しよせる。「ごらんのとおり、われわれは当惑している。ナイマンのクローンはきみの措置にどう反応した？」

「頭のおかしい者によくある反応です。かれは自制を失いました。精神錯乱状態です。グッキーはまだ、それを確認していませんか？」

ローダンはあたりを見まわした。ネズミ＝ビーバーが頭を振る。

「距離がまだ遠すぎる」とローダン。「《バジス》はどうやってクロノパルス壁とウィルス壁を突破したのだ？」

「わたしの予想どおり、とどこおりなく通過しました。船を銀河系に進入させないほうがよかったのは事実です。あなたに事後の承認を求めます。すぐに判断する必要があったものですから。壁を突破するために使用した技術手段は、調査も確認もできていませんでした。それでも、わたしが受け入れた宇宙船に、それはあると確信していました。《アンドラッシイ》は自由にお使いください、サー。カンタロは、一種のパルス・コンヴァーターを使用していた可能性が高いとわたしは見ています。ミスタ・ハロルド・ナイマンは搭乗していますか？」

ローダンは後方に合図を送った。本物のナイマンが司令ポデストにやってきて、カメラの前に立った。かれはあまりいい気分ではなかった。

ハミラーの声はかすかな温かみを帯びている。おちついた熱意をナイマンは感じた。

「心より歓迎の挨拶を申し上げます、ミスタ・ナイマン」スピーカーから声が響く。「あなたに《バジス》の指揮をお渡しする用意はできています」

ナイマンはほほえんでいった。

「制動動作を含めても、二十分後には《バジス》の舷側につけられる。ハイパー・ジャンプをするまでもない。中央セグメントの大型格納庫はすぐ使用できるか?」

「もちろんです! わたしにたりないのは機動要員だけです」

「それは準備万端だ」ナイマンはいった。「八百名の熟練したギャラクティカーを三隻に乗せている」

「その数なら充分です、ミスタ・ナイマン。どう展開しますか?」

「それは……えっと……それはペリー・ローダンのほうがうまく説明できる」ナイマンは答えを避けた。

「まず、《オーディン》を進入させる」ローダンがいった。「第一格納庫の準備を完了し、外側ハッチを開けてくれ。四百名が装備とともに《バジス》に進入する。またすぐに《オーディン》は自由空間にもどる」

「なぜですか、サー？　ミスタ・ナイマンは同意しているのですか？」

ローダンの背後で咳ばらいをする音がした。テケナーだった。

「同意している！」ナイマンは叫んだ。「《オーディン》は《シマロン》と《リブラ》が要員を降ろし終えるまで、対外保安につとめる。なにせここはカンタロの帝国だ」

「その要因は無視できると思いますが」ハミラー・チューブはいう。「そうしたいならどうぞ！　すべての準備をわたしが整えます」

「感謝する。以上だ」ローダンが口をはさんだ。

ノーマン・グラスがハイパーカム通信を切る。

ローダンが振りかえった。ナイマンは額の汗をぬぐう。

「すみません、ペリー。ハミラーは頭が混乱している。まだ本調子ではないようです」

ローダンは苦笑した。司令部の要員たちはすでに機動を開始している。目標は《バジス》だ。

ノーマン・グラスが同行の二隻に連絡する。

「いっしょに聞いてくれたな。計画どおりに進める。なにも変更はない。注意をおこたるな」

ローダンはマイクロフォンを呼びよせ、船内だけに放送されることを確認した。

「みんな聞いただろう。ハミラーはカンタロを無視できるとみなした。ハミラーが精神の危機にあることをしめすのは、この言葉だけではない。このくわだての全体がどうも怪しいのだ。どう思う、テク？」

テケナーのあばたが残る顔は、数分前からこわばった笑みを浮かべていた。ユーモアを微塵も感じさせない。凍りついたようなその微笑は、心に秘める感情をおおいかくすマスクのようだった。

テケナーはローダンよりも厳しい、断固とした口調で述べはじめた。

「ハミラーの話には説得力がありません。カンタロの権力ピラミッドと支配者のモノスを出しぬいたなんて。《バジス》は当初の目的地に到着した。それはたしかです。いま、船はここにいるから。だが、ハミラーはだれも出しぬいてはいない！　むしろ、《バジス》で姿を消す機会をあたえられたんです。最大級の警戒をすすめます。船から降り、すぐに司令室と主要な制御関連施設を占拠するんです！　ハミラーの影響力がおよぶ範囲を早急にせばめないと。サトー……！」

超現実学者はすでに、司令ポデストの下手に立っていた。呼ばれるのを待っていたようだ。

「《バジス》の新しい制御手段をいちばんよくわかっているのはきみだ。どうすればハミラーを制御できるか、考えてくれ。ハミラーは陶酔状態で、みんなが考えるよりも危険だ。ナイマンのクローンに関する話と、奇妙なヴェガ星系への飛行の件はどうも怪しい。まず、急いでこのクローンを探しだし、次に船内を捜索する……これが八百名の任務だ！　わたしは《バジス》もろとも〝存在しない空〟へ飛びたつのはごめんこうむりたい」

ローダンはスマイラーを上から下までながめ、ゆっくりといった。

「さすがだ、テク、きみはわたしの考えを代弁してくれた。つまり、カンタロの狙いは《バジス》だけではない。そう思っているんだな？」

「当然です！　さもなければ、《バジス》はとっくにガス雲と化していますよ。技術が時代遅れの超大型船をかれらが持っていてもしょうがないんでね。モノスの狙いは〝あなた〟です！　あなたは危険すぎるから。ついでにわたしのような仲間数名と、できるだけ多くのヴィッダーの戦士も亡くなってくれたら、なお好都合でしょう。ハミラーは目的を達成するための道具にすぎません。《リブラ》の調査部隊の四名が解放されたのも、ハミラーの希望に応じたわけではない。そう思わないか、テラナー？」

シソフ・トンクは青ざめていた。途方に暮れた目で、大男を見あげる。

「わけがわからない！」かれは震える声でいった。「テラにかけて……このいまいましいゲームがいったいなんなのか……われわれはすぐに、ハミラーは狂っているとみなしたんです」

「狂っていないことはたしかです」アンブッシュ・サトーが口をはさむ。「やや混乱してはいますが、狂ってはいません。わたしの意見では、われわれの敵がうまくハミラーを欺いた。ハミラーに、貴重な《バジス》を銀河系まで運ばせたんです。いまにはっきりするでしょう……きっと！」

アンブッシュ・サトーは手で挨拶をして立ち去った。テケナーはかれがこれからどうするつもりか、知りたかったが遅かった。

《オーディン》はほぼ光速で《バジス》へと向かった。《リブラ》と《シマロン》はすでに制動動作に入っている。

《オーディン》が格納庫にいるあいだは、この二隻が対外保安飛行をつづける。つづいて順にドッキングし、乗員を降ろしたら、すぐにまたスタートする。

ローダンの方針で、これら三隻は《バジス》には駐機しない。万一の危険にいつでも対応できるよう、外で待機することになっていた。

9

自分の見解に確信を持つ者にとって、その綻びをあちらこちらで示唆(しさ)されるのは、気持ちのいいことではない。

NGZ一一四六年三月四日、《バジス》の船内時間は二十二時十四分。《オーディン》が大型の第一格納庫に進入してから、七日が経過していた。

八百名のギャラクティカーが一週間をかけて、隠された爆発物がないか捜索した。かれらのなかには、宇宙的カタストロフィの前からこの船を熟知している専門家も多数、含まれていた。

だが、なにも見つからなかった！

ハミラー・チューブはペリー・ローダンからくわしい事情を教示されてから、あらゆる活動を控えていた。さらにアンブッシュ・サトーに設備を自由に制御できないようにされ、ハミラーはご機嫌ななめだった。

一方、三隻の護衛船が空虚空間を広範囲に捜索したが、カンタロ船は探知できなかった。

得体のしれないなにかの捜索をはじめて六日間、成果はゼロ。乗員の士気もゼロに落ちこんでいた。

そして、人類がかつて建造した最大の輸送船を乗っとってから一週間が経過したいま、みなが反発しはじめた。もうひそかな陰口ではない。是非が公然と議論され、テケナーの見解が否定された。

ローダンは板ばさみだった。ロナルド・テケナーの直観を信じてはいた。だが、もしそれが〝妄想〟なら、時間のむだになる。

そこでローダンはこの日の十時ごろ、ほぼ空だったグラヴィトラフ貯蔵庫にエネルギーを注入しはじめたのだった。

ハイパートロップ吸引用漏斗が三つ同時に構築され、アインシュタイン連続体を異なる方向に引き裂いた。一時間をかけて、ハイパー空間の無尽蔵のエネルギーが貯蔵庫に吸引された。

十光年離れた《オーディン》でも、その巨大な構造震動を検知できた。だが、それでもなにも起こらなかった。銀河系にはカンタロの警備艦隊も、卓越した監視システムも、存在しないかのように思われた。

とうとうローダンは《バジス》の航行を開始させ、光速の半分まで加速させた。それハミラーが勝利したわけだ。すると乗員たちは突如、テケナーに憐憫（れんびん）の態度で接するようになった。ローダンの気まずさは増す一方に。この状況は、関係するだれにとっても不快だった。

ローダンはいまの〝平和〟も信じていなかった。ここは銀河系の辺縁宙域。さほど遠く離れていないところで、クロノパルス壁とウイルス壁の防御システムが働きはじめる。だれもが経験から、この位置ではすでに船が探知され、攻撃されてもおかしくないと知っている。

だが、《バジス》はなんの被害も受けていない。惑星へレイオスが属する星系へと自由落下をつづけている。

半光速航行では、そこに到達するのに五万四千年かかってしまう。もちろん、それはありえない。

二十一時ごろ、ロナルド・テケナーらに悪夢をもたらす決定がくだされた。ローダンは乗員の強い要請を受け、真夜中になる前に、超光速航行を開始することを決意したのだった。

一方、テケナーもできる範囲内ではあるが、行動を起こす。かれは数人の友に、自分のところへきてくれるよう頼んでいた。

＊

ジャニュアリー・ケモ＝マサイとハロルド・ナイマンがやってきた。ペリー・ローダンは失礼することにした。超光速航行を目の前にして、手が離せないからだ。グッキーはすこしあとで、かれのやり方で出現したいという。

ロナルド・テケナーは心のなかの動揺を隠そうとした。かれは歩いてはあちらこちらで足をとめ、椅子のへりに腰をかけ、また立ちあがった。ひろいキャビンのなかを、うろうろと歩きまわらずにはいられなかった。

そのとき、給仕ロボットのトレイにのったグラスが音を立てはじめた。それは十二キロメートル離れた場所で、巨大な機械が起動したことをしめす。小型の宇宙船とは違って、音はまったく聞こえない。巨大な船体内にある無数の空間によって、音が吸収されるからだ。

ケモ＝マサイはセランのクロノメーターを見た。それはテケナーのキャビンで装着したばかりだった。

「高エネルギー転換機が起動しました」

聞くなり、テケナーが飛びあがった。もう動揺を隠そうとしない。

「十分後にハイパー空間突入だ、偉大なるジュピターよ！　われわれはいったいなにを見落とした？　なにをし忘れた？　あるいは、なにがいけなかったんだ？」

「見つからなければそれまでです」ナイマンはいった。かれはつとめて冷静に清涼飲料水を手にとった。インターカムのモニターに司令室の一部が見える。みないそがしく動いている。整然としているが、どこかあわただしくも見えた。ナイマンが前方を指さした。

「ローダンはこれ以上、幻を追うわけにはいかないようですね。われわれはできるかぎりのことをしたんです。探知手段がもっと精密なら、異物を見つけていたかもしれませんが」

　テケナーが頭を振った。

「だとしたら、それは異物などではない。自動保安装置や小型の検知ロボットが、正規の構成要素とみなしたなにかだ」

「なんですって？」

　ケモ＝マサイの疑問は、みなの前に威嚇するように立ちはだかった。

空気が動き、グッキーの出現を知らせた。かれの実体化したからだが空気を押しのけたのだ。

　かれもセランを着用している。テケナーはかれに手で挨拶を送った。

「フル装備の戦闘服なんて……どうしてさ？」ネズミ＝ビーバーが不機嫌そうに訊いた。

「何度いったらわかるんだい？　ここには攻撃的なロボットも、歯をむき出したカンタロのビオントもいないんだってば」

テケナーはうなだれ、額の汗をぬぐった。あばたの残る顔は、ラサト疱瘡がとくに組織を破壊した部分が白っぽく変色していた。そのようすに、グッキーはしまったと思った。友を手ひどく非難しすぎた、と。テケナーが絶望していることは一目瞭然だった。

「そんなつもりじゃなかったんだ」ネズミ＝ビーバーがいいなおす。「航行開始だよ。ペリーは慎重にハイパー空間に突入する。速度はせいぜい光速の百倍。たんなる試験で、メタグラヴ・ヴォーテックスとグリゴロフ層がちゃんと発生するか調べるのさ。ハミラーの旅では問題なく機能したけどね。そうでなきゃ、《バジス》はここにいないから」

「わたしはただ心配なだけなんだ」ロナルド・テケナーはやけに静かにいった。

グッキーはそっとあたりを見まわした。ケモ＝マサイはカフ部を開いたままの手袋を見つめている。ナイマンは、セランの首もとの固定部品を引っぱろうとする。だれもテケナーの目を見ようとしなかった。

インターカムのスピーカーから指令が流れる。《バジス》は五十キロメートル毎秒毎秒で全推力加速中。この値（あたい）のとき、メタグラヴ・プロジェクターによって飛行方向に構築される重力中枢は、もっとも効率よくチャージされ、擬似ブラックホールを発生させることができる。《バジス》はこのメタグラヴ・ヴォーテックスを通って、ハイパー空間に突入しなければならない。

同時にグリゴロフ・プロジェクターが、同じ名を冠した高エネルギー・フィールドを発生させる。その役割は、物質的に安定した船体を、ハイパー空間の影響から守ること。べつの規則性が生まれることになる……時空の速度に関するまったくべつの解釈が。そのすべてがもう、新しい未検証のものではなくなった。あらゆるプロセスが、宇宙航行種族によって何百万回も実践されてきた。原子力推進エンジンを最善の策とみなす者も、数百年後にはこの原則を採用するようになるだろう。

テケナーは高まる胸騒ぎの具体的な理由をあげることができなかった。それはおそらく、かれがひそかに抱く予感からくるものだ。覚醒時の意識と下意識のあいだにある、原本能の領域から、それは生まれる。本来、すべてのヒューマノイドが原本能を持つが、それがテケナーの場合、ほかの個体よりも顕著だった……それだけのことだ。

ケモ＝マサイとナイマンはそれがなにか考え、グッキーは超心理能力を授かった生物の要領にしたがって解釈しようとする。だが、閾下にあふれる感情に対しては、ほとんどなすすべがなかった。

そのとき、とうとう轟音が聞こえてきた。はるか遠くで生じた音、巨大な転換機の出力段階で発生した音だった。内的小宇宙を構築するために、ついやされるエネルギー量は膨大だ。

《バジス》はアインシュタイン宇宙を離れ、ハイパー空間に入った。なんなく、あたりまえのように。

「試験結果は良好です」シントロニクス結合体が伝える。「光速の百倍に到達、ヴォーテックスをベクトリング、異常ありません」

「やっぱりだ」ケモ＝マサイはほっとしてつぶやき、立ちあがった。「そろそろ勘弁してくださいよ、テク！　爆発もなく、超光速で飛行中です。すこしは気がすみましたか？」

テケナーはキャビンの中央に、両脚をひろげて立っている。なにかを待つかのように。たしかになにかが起きていた……だが、ケモ＝マサイのような者がそれを知っても、不安になることはなかっただろう。インターカムの連絡もふだんどおりだった。

第二モニターにセッジ・ミドメイズの顔が、画面いっぱいにうつしだされた。大きな鼻が圧倒的な迫力で目に飛びこむ。《シマロン》の首席船医はいま、一時的に《バジス》に派遣されていた。

「やあ、テク」ミドメイズがいつもの早口で挨拶する。「なにかふつうでないことが起きたら連絡しろといったな。まだナイマンのクローンに興味があるか？　ここの医務室にかれがいるのは知っているな」

テケナーの緊張した姿勢がゆるむ。ゆっくりと頭を上げた。

「かれがどうかしたのか？　また妄想か狂乱でも？」

「それだけならいいんだが。かれは対消滅しつつある！　かれのクローン細胞はもう長くは耐えられない。〝プシオノマトーゼ〟という用語を知っているか？　制御不能で爆発的な細胞の膨張のことだ。かれは膨張してなにかに変形しつつある」

「いつからだ？」

「ハイパー空間に突入した、その瞬間からだ。それまでなかった刺激インパルスが出現している。これはクローンに失敗したビオントで、比較的知られた現象だ。かれもそのひとりだからな」

　キャビンに立つテケナーの姿勢がふたたび緊張した。あばたの残る顔はこわばり、ライトブルーの目を大きく見開いている。

「にせナイマンは制御できているのか？」

　セッジ・ミドメイズはむっとして、分厚い唇をへの字にゆがめた。

「わたしをだれだと思っているんだ？　当然、制御できている。もう通廊を爆走することも、乱暴を働くこともない。もういいか？　クローンは目が離せない状態だから。そういえば……爆弾はまだお目見えしてないぞ！」

　首席医師は笑ったが、テケナーの要求を聞くと突然、真顔になった。

「シソフ・トンクを呼んでくれ。《リブラ》の調査部隊にいたほかの三名も。トンクはクローンの細胞爆発についてなんといっている？」

セッジ・ミドメイズは驚いて記録を確認する。

「シソフ・トンク……かれは退室している。きみのところへいくつもりだ。ガン・ケル・ポクレドとフェレン・ア・ピットは主司令室。アラスの有能な医師はラボ区画にいる。たぶん組織検査だ」

ロナルド・テケナーはモニターに歩みよった。周囲のことは忘れてしまったようだ。

「退室した？　《リブラ》の四名全員が？　いつだ？　かれらを気づかれないように監視しろといったはずだ。そのためにかれらを《バジス》に集めたのに」

あばた顔の男のしつこい追及に、セッジ・ミドメイズは憤慨した。

「いいかげんにしろ！　かれらはもう何度も充分な検査を受けた。医務室でただぶらぶらしているより、乗員をサポートしたい。そう考えてあたりまえだ」

「退室はいつだ？　ハイパー空間突入の前か、後か？」

「もちろん前だ」首席医師は激昂する。「もうその話はやめろ！　乗員をサポートするんだから、突入前に現場に就いているにきまっているだろ。ほかに訊きたいことは？」

ロナルド・テケナーがほほえみはじめた。セランの手袋のカフ部を締める。

そのとき、ローダンが司令室から連絡してきた。と同時に、超現実学者のアンブッシュ・サトーがホログラムにあらわれた。かれは《バジス》のラボ区画におり、ローダンの言葉をさえぎって伝える。

「極超高周波の短い信号を受信したのですが、識別はできません。惑星サンプソンでカンタロの将軍候補生たちが受けた死のインパルスに似ていますが、わずかに異なります。あと、アラスの医師、モス・ハステスはこちらにきていませんよ！」

ローダンの顔がモニター画面いっぱいにうつしだされた。額にみるみる汗が浮かぶ。

「主司令室にもだれもきていない」かれが言葉を継いだ。「テク……なにが起きている？」

テケナーのあばた顔は、スマイラーというそのニックネームの由来となった笑顔のまま、固まっている。友好の表現などと思ったら大まちがい。それはつねに死の脅威の象徴だった。

「なにが起きているか、と？　ナイマンのクローンがハイパー空間に突入すると同時に、事前の計画どおり、成長の最終段階に入ったんです。それはかれの攻撃信号だ！　かれの組織が膨張し、プシオン性強制インパルスを例の四名に送りつける。事前にそのようにプログラミングされていた。そのために、かれらは三時間のあいだ行方不明だったんです！　クローンは起爆装置ですよ」

「ありえない！」ローダンがいきりたった。汗がますますひどくなる。「ナイマンのクローンはハミラーの指揮下で何度もハイパー空間飛行をしたが、そんな現象は起こさなかった。したがって、ハイパー空間突入時に通常、発生する放射によって、かれの変形が起きたとは考えられない」

「モノスを見くびってはいけません！　ナイマンのクローンが遺伝子プログラムによって起爆装置になるのは、〝多数〟の知性体が《バジス》にいるときだけ。そのなかにあなたがいることを、だれかが期待しているんです。八百名をこえるギャラクティカーが自然に発するプシオン振動が、いまはじめて、クローンを作動させた。あなたの宿敵、モノスがやりかねない周到なやり口です。《リブラ》の乗員四名はいま、どこだ……？」

数秒後、ペリー・ローダンは《バジス》全体に無音の緊急事態警報を発令した。何万もの探知センサーが作動する。

そのすべての結果をシントロニクスが迅速にチェックしたが、それだけでは、巨大な船内をすみずみまで確認することは不可能だった。私室はいずれにせよ、探知されない。重要性の低い付帯的な空間も同様だが、そのような空間はけっこう多い。それらをロボットがひとつずつ、移動しては捜索する必要があった。

成果なく終わった爆発物の捜索では、イタチほどの大きさの探査ロボットを出動させるだけの時間の猶予があった。それらはシガ製で、そもそも各種の隠れた損傷を検出するために設計されたもの。消防やダメージコントロールでもこれまで実績を残してきた。

だが、いまは……と、アンブッシュ・サトーが端的に述べる。ここにはほぼなんでもあるが、時間だけがない！

《バジス》は事前にプログラミングされたハイパー機動中で、任意に中断することはできない。グリゴロフ・プロジェクターは異常に対してきわめて敏感に反応する。いま緊急停止することは、グリゴロフ層の強度設計に適合しない停止となり、異常と評価される。

なんでもできるローダンでも、進行中のプログラムに介入することだけはできなかった！

《バジス》の施設は最新式ではないため、さらに注意が必要な点がある。多様なエネルギー網からプログラムを切り離す場合、事前にプログラムが九十パーセント以上、完了していなければならないのだ。

これは《バジス》の乗員には周知のことだったが、アンブッシュ・サトーはさらに熟知していた。かれがまた連絡してくる。

「グリゴロフ層が早期に崩壊すると、おそろしいグリゴロフ事故につながるおそれがあります。これにみまわれた船は、未知のストレンジネス定数を持つべつの宇宙にほうりだされてしまう。われわれにはまだ、グリゴロフ・バリアのなかにとどまる時間が充分にあります。それを利用しましょう！　超高周波放射は外部からきてはいない。ナイマンのクローンが発信源です」

「《リブラ》の乗員たちはどこだ?」テケナーがくりかえし訊く。だれもかれに答えられなかった。

「かれらの体内には、プシ受信機などないぞ!」セッジ・ミドメイズが必死に主張する。

「わたしを信じてくれ! あれば見つけられたはず」

テケナーは首席医師の言葉にほとんど反応しなかった。

「きみたちの考え方は、停滞フィールドで七百年を失ったテラナーそのものだ。ヴィッダーの面々に訊いてみろ。テラのホールで悪魔がいつも、どんな活動をしているか。わたしはそれに、きみたちよりすこしばかり早く気づいた。四名を見つけなければ。かれらはおそらく、自分たちのしていることをわかっていない」

テケナーはインターカムを接続したままにしたが、入ってくる報告にはもう関心をはらわなかった。

グッキーは自分の毛におおわれた頭に、テケナーの手が触れるのを感じた。

「ちびさんよ、エンジン・セクターにわれわれを一度に運べるか? ふつうのやり方では時間がかかりすぎる」

「エンジン・セクター?」グッキーが驚いたようすでくりかえす。「それだけはいやだ! ハイパー機器が作動中、あそこの妨害前線は半端じゃない。それにテレパシーではなにも探知できないんだ。すべてのプシ振動が百倍に重畳されるんだもの」

「だからこそ、モノスのようなおそろしく賢い生物なら、そこに手下を送るだろう！　モノスは《バジス》にきみがいることを想定しているはず。つまり、きみを締めだすつもりなんだ。それに……」テケナーのほほえみがさらに独特になる。「エンジン・セクターよりも妨害工作を働くのにうってつけの場所がどこにある？　せめてグリゴロフ・プロジェクターの近くまで、われわれを運んでくれないか？」

10

《バジス》のエンジン・セクターと呼ばれる漏斗状の船尾構造は、直径が六キロメートル、深さが二・五キロメートルある。

それだけでも巨大だったが、そこに設置された機械設備群はさらに途方もない迫力だった。

NGZ四二四年に《バジス》が最新化されて以降、ワリング式リニア・コンヴァーターは同数のグリゴロフ・プロジェクターに置き換えられていた。

かつて三十基のニューガス・シュヴァルツシルト反応炉と内蔵式の放射コンポーネントがあったホールにはいま、大容量・大質量の変換器バンクと、大流量供給用のパイプ・フィールド・プロジェクターを備える、メタグラヴ・プロジェクターが設置されている。

以前、ニューガス発電システムが占めていた場所には、六基のグラヴィトラフ貯蔵庫があった。

三基のハイパートロップ吸引装置はかなり場所をとるにもかかわらず、なんとかおさまっている。

最新設計では、同種のユニットがより小型で、より高性能となり、必要な加速量や減速量がちいさくなっている。

ロナルド・テケナーはこれらのことを頭にたたきこみ、計算に入れなければならない。

かれにとっては、《リブラ》のヒューマノイド四名が妨害工作員に仕立てられたことに、疑う余地はなかった。それはありえないとする、セッジ・ミドメイズのいい分に耳を貸す気はさらさらない。

いまのかれには、シソフ・トンクたちがどのように操り人形にされたのかは、どうでもよかった。ましてや、それがどのような役割を演じるかなど、考えてはいられなかった。

いまの状況でもっとも重要なのは、かれらを見つけだして捕まえ、無害化すること。それだけだ。

それをどう実現するかは、その場の状況に任せることにした。かれはつねに冷静に思考し、すばやく行動する男だった。むだに考えを重ね、不安やいらだちにとらわれることはない。

NGZ一一四六年三月五日、船内時間二時七分。

グッキーはロナルド・テケナーとジャニュアリー・ケモ＝マサイ、ハロルド・ナイマンを漏斗状の船尾の前まで運んだ。それ以上の危険を冒すのは、かれには無理だった。運転中のエンジンが発するハイパー光周波の妨害放射に、ほかの生物は気づかない。だが、グッキーは脳に脈打つような痛みを感じるのだ。

パラ能力を持つかれは、船尾区画ではほぼ自動的に機能停止状態になり、テレポーテーションでジャンプすれば、死の落とし穴にはまりかねない。テレパシーもテレキネシスも機能しなかった。

テケナーたちギャラクティカーにとって、この事実は災難に等しかった。あらゆるユニットが満載されたこの巨大な空間で、どうやって《リブラ》の知性体を探しだせばよいのか？

機械ホールはどれも大型のスポーツアリーナほどのひろさで、旧式のラジオ塔よりも高さがある。付帯設備だけでも、ぞっとするほど大きかった。

しかもこの広大な空間は空ではない。あらゆるユニットが所狭しと置かれ、見通しが悪かった。

大型の機械はまだ俯瞰できる。だが、隣接する台座構造物の領域からすでに混沌がはじまっていた。振動を吸収する高エネルギー・フィールドを発生させる、多数のプロジェクター群だけでも、迷宮の様相を呈している。

ジャニュアリー・ケモ＝マサイは、成果なくもどりながら思った。この状況では、セランの飛行ユニットがなかったら、まったく捜索にならなかっただろう。

かれは足を前に伸ばし、テケナーの横に着地した。その十分前から、スマイラーの顔にほほえみはない。かれはとうに起きているはずの出来ごとを、じりじりした思いで待っていた。

「絶望的です！」ケモ＝マサイはあえぎながらいった。「すべての実働空間に何万ものセンサーとヴィデオモニターを設置しているが、なにも見つかりません。われわれのすぐれたシントロニクスも無意味な提案をするばかり。くそっ……みんなどこに消えちまったんだ？　デフレクター・バリアでもあるのか？　いや、それならすぐにわかる。アンブッシュ・サトーがとっくに把握しているはず。いったいどこで、かれらを見つけられるんだ？」

ハロルド・ナイマンもやってきた。複数のホールから、ローダンが捜索に派遣したギャラクティカーたちも連絡してくる。八百名近くが捜索活動にあたり、当直の乗員だけが司令室に残っていた。

「なにも見つかりません！」ナイマンが報告する。顔は青ざめ、息が荒い。「われわれは携帯用の精密探知機で捜索しました。プシオン性の検知装置でもだめ。散乱放射が強すぎて、ありえない結果が出るんです。グリゴロフ・プロジェクターの作動中は、探知装置は使えません。感度が高すぎるんです」

　テケナーは衝撃フィールドの振動吸収ダンパーの横に立ち、ホールの中央に設置されたグリゴロフ・プロジェクターを見あげた。二百メートル以上離れた上方で、無線パイプ・フィールド・システム内のエネルギーが激しく放出されている。青白い光の流れが、床の薄暗がりを貫き、ひらめいた。

「いま使っている技術では、妨害工作員たちを探知できそうにないな」テケナーが突然いいだした。

　ケモ＝マサイが目を見開いてかれを見る。

「じゃあ、なぜわれわれはここにいるんです？　そもそも妨害工作なんですか？　具体的なことはなにひとつわからない。ローダンは早期緊急停止のリスクを引き受けるべきか、考えはじめています」

「それこそ、モノスの思うつぼだ。ペリーには参ったな。そんなことをしたら、われわれは死ぬ。ケモ、ナイマン、鼻は利くほうか？」

　テケナーはふたりの動揺した男の視線を、痛いほど感じた。

「頭がどうかしましたか？」ナイマンがいった。「意味がわかりません」

　ロナルド・テケナーがまた、ほほえみはじめた。

「技術が役にたたないとわかったら、賢い者はどうするか？　原始的な機能に逃げ道を求める。論理的だろう?」

アフロテラナーは責めるような目で、驚くほど静かに作動するグリゴロフ・プロジェクターを見あげた。すると、技術の怪物は合図でもあったかのように、転換機のエリアに牽制(けんせい)の閃光をはなって応答した。雷が残忍な音を響かせて、戦闘服のピコシンをそそのかし、ヘルメットを閉じさせる。

テケナーはすぐにヘルメットを開けた。ケモ=マサイとナイマンもかれにならう。そのときにはもう、テケナーは司令室に連絡していた。ローダンが応じた。首もとにたたまれたヘルメットのモニターに、かれの姿がうつる。おちついて見えるが、そうではなかった。

「いい報告か?」マイクロカムに声が響く。「われわれに残された猶予はどれくらいだ? グリゴロフ・フィールドはあと二十二分で切れる」

「そこまで待たせません!」テケナーは断言する。「いま、グリゴロフ・プロジェクターが作動している、三つの機械ホールへの空気の供給を、ただちにとめてください。早く! いや、もう質問はなしです。とめて! ほかの場所はどうでもいい。三ホールだけで」

ケモ=マサイが会話に割りこんだ。テケナーが正気かどうか、かれは疑いだしていた。

「ペリー、テケナーが訊くんですよ、鼻が利くかって。なにか手を打つべきでしょうか？」

ローダンはやはり二千年たっても、〝瞬間切り替えスイッチ内蔵人間〟だった。

「そのとおり！　きみたちの側が、異例の措置に即座に慣れるようにしろ。ＵＳＯスペシャリストたちは、その名人だった。よし、テク、とめたぞ。新鮮な空気より、温かくよどんだ空気がお好みか？」

「ええ、それはもう！　これがわれわれに残された最後の手段です。ナイマンのクローンはどうしています？」

「三倍の大きさになって、脈動をはじめた。サトーは神経質になっている。セッジ・ミドメイズも徐々にきみの説を信じはじめた。きみは大丈夫なんだな？」

テケナーはただうなずくと、鼻を上に向けた。

空気の供給がとまると、ホール内のサーキュレータがより激しく回転しはじめた。テケナーは野生動物のようにあたりのにおいを嗅いだ。

なにかがかれの鼻に達した。かれだけが知るにおいだ。かれ以外のテラナーは、銀河系西域にある惑星アスタスⅠに足を踏み入れたことはない。当時、まだ〝生みの苦しみ〟にあったこの惑星は、火山と泥沼におおわれていた。

かれ以外のだれも、大型カタツムリ〝アスタスマイマイ〟に悩まされたことはない。といってもカタツムリはただ、不注意なテラナーから自分の泥穴を守っていただけだった。

ナイマンが顔をしかめる。ケモ＝マサイは吐き気をもよおしはじめた。あばた顔の男だけが顔色ひとつ変えず、気中のにおいを嗅ぎまわる。

「思ったとおりだ！　四人の友は第三ホールのグリゴロフ・プロジェクターに行くと予想していたんだ。あそこには三基のユニット用のパルス・レギュレーターがある。もし、そこで妨害工作があったら、遮蔽フィールドはいっきに消滅する」

「なんの臭いですか？」ケモ＝マサイが吐き気をこらえながら訊いた。黒い顔に眼球の白さがきわだって見える。「うう、もうだめだ……」

かれは嘔吐した。最初はまだましだった異臭はたちまち強まり、アフロテラナーが嗅いだことのない悪臭と化していた。

すさまじい臭気だった。ケモ＝マサイは口には出さないが、地球のどんな腐った卵よりもひどく、どんな炭化水素よりもきついと感じた。

「ヘルメットを閉じるな！」テケナーは黒い肌の大男にどなった。「これは皿ほどの大きさがある、アスタスマイマイが身を守るために出す分泌物だ。テラのスカンクのようにな。このカタツムリは恒星アスタスの惑星にいる」

ケモ＝マサイとナイマンは両手をマスクのようにして、できるだけ浅く息をする。テケナーはすでに警報を発していた。

ローダンはもう驚かなかった。かれはスマイラーを何百年も前から知っている。

「分泌物の臭いをかぎつけて探知するのか？　感心したぞ」

「それはどうも！　調査部隊の四名がなんの被害もなく《バジス》から解放されるわけがない。そう確信していました。だが、かれらが爆弾でもしかけると思ったら大まちがい。モノスはそんなに単純ではありません！　当然、探知されない配慮もしている。ただ、アスタスマイマイの激臭分泌液は、想定していないはず。この〝かぐわしい〟臭いのもとは、プロジェクターの台座の左側にある。仲間たちを呼びもどしてください。ほかのふたつの機械ホールではなにも起きませんから。始めますよ」

「どういうしかけだ？」

「セッジ・ミドメイズから、生体培養組織でできた中空カプセルを数個、買いとったんです。超高周波放射線の試験に使うのですが、放射線が強すぎると、この人工組織は分解します。そこで、わたしはその中空部分に、手持ちのアスタスマイマイの分泌液を充塡したんです。そのカプセルがとうとう、先ほどはじけました。つまり、われわれの友はいま、強い放射線の近くにきているはず。わたしはかなり前から、この事態を予想していました」

テケナーはマイクロカムでいくつかの悪態を耳にした。分泌液の臭いと同じくらいひどい、その言葉の主は首席医師だった。

テケナーは台座の左側にやってきた。その四個所に、見たことのないような毒々しい黄色のものが光っていた。それは分泌液だった。放出場所でどろどろした塊りと化し、泡をたてている。それ自体にはもう悪臭はない。

「黄色の液に触るな！」テケナーがうしろを浮遊する仲間に警告した。「毒性と腐食性がおそろしく強い。気をつけろ、そこにあるぞ！」

グリゴロフ・プロジェクターの本体がそびえるその下の円形台座に、かれらは静かに立っていた。悪臭と液の発光が知らせてくれなかったら、かれらを見つけることはできなかっただろう。技術の怪物のなかで、かれらはあまりにちっぽけだった。

四名はすぐそばの光り輝く金属に、爆発物を固定しようとはしなかった。《バジス》でかれらのプログラミングを命じた者は、ローダンの指揮下で帰還したギャラクティカーたちの探知能力をあなどるほど、愚かではない。四名のからだの内外に、その意思を操作する異物の痕跡はなかった。あれば、ローダン側はぜったいに発見できてしまうから。

そのかわりに、モノスは遺伝学的手段を使用した。ローダンの仲間はだれも、それに気づかなかった……セッジ・ミドメイズでさえも。それを見ることも、探知することもできなかったのだ。

シソフ・トンク、ガン・ケル・ポクレド、フェレン・ア・ピット、モス・ハステスは鋼の壁に背を向けて立っていた。みな目はうつろで、遠い先を見つめている。身動きせず、身も守らない。だれも攻撃しないし、嘆きもしない。ただ、そこに立っていた。装置の外装にもたれながら。

すると、男たちの首の付け根の組織が隆起しはじめた。どんどん成長し、太い真っ赤なソーセージのように膨れあがった。その表面からアンテナのような触糸が何本も伸びでてくる。いまではもう、首のまわりが触糸に包まれた状態だ。

テケナーはセランを着たまま空中に浮きあがると、すばやく銃を発射した。それは、深刻な事態でかれが決まって披露する、的確で妥協のない一撃だった。

しかし、パラライズ・ビームの効果はゼロに等しかった。ビーム・シャワーは四名のギャラクティカーを通りぬけた。まるで、かれらがそこにいないかのように。

ケモ＝マサイは状況を理解した。テケナーとともに降下し、飛行ユニットのスイッチを切ると、モス・ハステスのもとへ駆けよった。

アラスの医師、ハステスは《リブラ》の四名のなかで最悪の状態だった。かれの共生体はすでに二倍の太さに膨らみ、触糸はどれも二十センチメートルをこえている。これをテケナーは有機アンテナだと踏んだ。

ケモ＝マサイはパラライズ・ビームを至近距離から最大強度で撃った。やはり効果はない。男たちのからだは、非物質化がかなり進んだ状態だった。

テケナーはヴァイブレーション・ナイフでトンクの共生体を攻撃する。振動刃が共生体を貫いた。やはり効果はなかった。

ローダンからマイクロカムで連絡がきた。

「サーモ・ブラスターだけは使おうと思うなよ。プロジェクターが機嫌を損ねる」

「われわれが正気を失ったとでも？」テケナーが憤慨して叫んだ。「くそっ、だれも助言をくれないのか。どうすればあの化け物を無害化できるんだ？　アンブッシュ・サトー……わたしの声が聞こえるか？　第三グリゴロフ・プロジェクターのエネルギー展開になにか変化がないか、確認してくれ。妨害工作員がなんの意味もなく、ただ壁ぎわに立っているはずがない」

「たしかに！」超現実学者はすぐに確認をする。「四名のからだが強い放射を発しはじめました。極超高周波領域の純然たるプシオン反応です。それは例の死のインパルスよりも高周波だ。わたしは……おや、なんと、グリゴロフ・プロジェクター内の五次元エネルギー流が変動しはじめました。そうか！　かれらはプロジェクターを爆破するのではなく、高強度の未知のインパルスで攪乱しているのです。その過程で《リブラ》乗員たちも対消滅。かれらのプシオン・エネルギーは完全にプロジェクター内のエネルギー流に吸収される。だが、わたしの考えでは……」

サトーはみずから話を中断した。小型スクリーンのかれの姿が見えなくなった。

「なにをいいかけた？」テケナーが叫んだ。「おい、つづきを話せ！　ここの科学者のトップはだれだ？」

「まだ推測の域ですが、上位の細胞核の有糸分裂放射が、四名の通常体にしては強すぎます。共生体は媒介機能しか持ちません。専用に培養された触媒のようなもので……いま、ナイマンのクローンが出す放射線が非常に強くなりました。そして……」

テケナーはすでに、多数のユニットでできた壁のはざまを駆けぬけていた。

制御シントロニクスが、開いた保安エアロックを見つけた。そこにグッキーが防御フィールドを展開して待っていた。かれも話を聞いていたのだ。

「医務室だ！　すぐにわたしを運んでくれ」テケナーが息を切らせていった。「早く！　急げ！」

ネズミ＝ビーバーは一刻を争う事態だとさとった。テケナーの太ももに抱きつき、集中した。かれがテレポーテーション能力を発揮するのを、防御バリアが助ける。

二名はエアロックから姿を消した。まるでそこにいなかったかのように。

＊

ペリー・ローダンは状況を察知しただけでなく、迅速に行動を開始していた。

グッキーがロナルド・テケナーとともに医務室に実体化した。

た。

「出ていけ！」テケナーが叫ぶと、セッジ・ミドメイズはあわてて医務室をあとにした。クローンをこれまで包囲していたエネルギー・フィールドが明滅しながら消えていった。

ハロルド・ナイマンのクローンはもとの体格の数倍に膨張していた。それでも、かれはヒューマノイドの姿を失っていない。

背は四メートルに近く、肩も相応のひろさがあった。そのからだは不規則なリズムで脈動する。かれが発するプシオン・インパルスは、共生体が媒介することで、遠くはなれた妨害工作員に着々と充填されていく。

クローンのコンビネーションは断片と化して、かれのからだから垂れさがっていた。その素材はかれの膨張によって、あっけなく破れてしまったのだ。

かつてハロルド・ナイマンの未完成の複製だったものは、もはや捕虜ではないことに感づいた。

予期せず出現したテラナーに、荒い足音をたてて歩みよる。

テケナーの武器がはっきりと威嚇する。その装填制御部の光る表示マークを見れば、最新のコンビ銃が最高強度のサーモ・ブラスターに切り替えられていることがわかる。

グッキーが変形体に警告した。いますぐ立ちどまれ、ばかなまねはよせ、と。

かれにはまだ、わかっていなかった……旧友はいま、みずからの鋭い理性と論理が不可欠とみなし、かれに命じることをするほかない、ということを。

あばた顔の男は豊かな経験から、この種の生き物を言葉で説得し、あるいは変心させようとすることが、いかにむだなことかを知っていた。

それは死を迎えるためにつくられた。モノスと呼ばれる、良心のかけらもない野獣が目的を果たすための道具なのだ。

テケナーは慎重かつ的確に撃った。その超高温の高エネルギー・ビームは皿くらいの面積に集束し、大型生物でさえも灰に変えることができる。

青白い光が轟音を響かせ、人工大気を貫き、巨体に撃ちつけた。だが、クローンは反応しない！

三度めの照射ビームが頭の高さに命中すると、はじめて効果があった。

このとき、医務室内の空気はすでに赤熱状態だった。閉鎖した空間で、このようなエネルギーを解放するのは狂気の沙汰だ。

首席医師が逃げだすときに通った非装甲ハッチが、高熱で膨張するガスの圧力が上がるにつれ、たわみはじめる。

とうとう、ハッチが弾丸のように外に吹っ飛んだ。膨張した人工大気は、もっとも抵抗のちいさい経路をたどって外へと流れでる。圧力波はそこから、複数のひろい通廊へと分流していった。

ナイマンのクローンはもう存在しない。超高温の熱に直撃され、灰と化したのだ。

すると、ほぼ完了していた《リブラ》の四名の非物質化が突然、とまった。十四キロメートルあまり離れた現場で、ジャニュアリー・ケモ＝マサイがそれを確認した。

そのわずか半秒後、グッキーの能力でおなじみの作用がはじまった。

四名の男たちは、たちまち再物質化した。完全に肉体をとりもどしたのだ。

ケモ＝マサイがパラライザーをおろした。

よく知ったふたつの目が、わけのわからぬようすでかれを見つめている。

「シソフ、わたしがわかるか？」アフロテラナーが叫んだ。「シソフ！」

シソフ・トンクは一歩、前へ踏みだした。ケモ＝マサイの名前を口にすると、激しくあえぎだし、両手でかれから生えでた共生体を握りしめた。

質問しているひまはない。ケモ＝マサイはさとった。あの膨らみはまだ生きている！

数分後、《バジス》は大いそがしとなっていた。四名の心ならぬ妨害工作員たちは、医療ロボットの手当てを受けると、すぐに医務室に運ばれた。セッジ・ミドメイズが医療専門家とチームを組み、ただちに治療にあたる。テケナーはグッキーと主司令室にあらわれた。ローダンは宙航士チームとともに、シントロニクスが予告した、通常空間への復帰を見守った。

《バジス》の最初のハイパー空間への試験飛行は終わった。

かれらはくつろいだようすで、ロナルド・テケナーのキャビンにすわり、《バジス》をふたたび信頼できるようになったギャラクティカーたちをモニターで見守った。

乗員たちはこの船ではじめて、長距離のハイパー空間飛行をする準備をしている。目的地は拠点惑星へレイオスだ。

＊

室内にはテケナーのほかは、ペリー・ローダンとアンブッシュ・サトーしかいない。超現実学者は疲れきったようすだ。

「あなたの疑念をもっと早く、きちんと評価すべきでした」かれはいった。「おそくとも、爆発物やそのほかの殲滅手段が見つからなかった段階で」

テケナーは淡黄色の液体を注いだグラスを、かれに差しだした。

「これはアスタス酸ではないから」かれはサトーにいった。「現実離れした世界での経験が豊富な、現実離れした男が、現実離れしたことをいったら、だれが信じる？」

「ずいぶんややこしい話だな」ローダンは笑った。「われらのハミラー・チューブから長いこと連絡がないが、寝ているのかな？」

「まさか、まさか！」突然、聞きなれた声が響いた。「わたしはただ、みなさまのおじゃまをしたくなかったし、わたしの行動がいかにありえなかったかを、あらためて指摘されたくなかっただけです。それでも、いわせていただきますが、もしわたしが主導していなかったら、《バジス》はまだ、かつての場所にいたことでしょう」

「たしかに、ハミラー、たしかにそうだ」ローダンは譲歩した。「だが、きみのよきおこないは、あやうく大惨事に発展するところだった。きみの論理はそのことを、いやでも認めないとな」

頭を掻くかのような音がした。

「ええと……ええ、そうですね。あなたがたはその状況をみごとに打開しました。讃辞を述べさせていただいてもよろしいでしょうか？」

「どうぞ」テケナーがあくびをしながらいった。「われわれはヘレイオスに飛ぶ。《バジス》を最新化して。かまわないか？」

「なにをおっしゃる。もちろん、かまいません。引っこむ前に……もうひとつ答えていただきたい質問があるのですが」

テケナーが顔をしかめる。

「あまりややこしい質問じゃなければ」

「あのおそろしい臭いがする物質を、どこから採ってきたのですか？　原始のカタツムリが出す、防衛のための分泌物というお話でしたが」

テケナーはまた、あくびをした。ローダンはひとりほほえみ、かれのグラスを見た。

「もちろん、アスタスマイマイからだ。出動するときはいつも、役にたちそうなものを持っていくんだ」

「なるほど……でも、あの物質はなぜ、何百年も長持ちするのですか？」

「あの種の貴重なものは、わたしのところで最高の状態で保存しているから。あのねばした分泌液は、百年たってもまだ同じ悪臭をはなつ。賭けてもいいぞ」

ハミラーは不快そうに口を閉じ、引っこんだ。外で大きな物音がする。破壊された医務室の補修部材を運ぶ、ロボット部隊が通りすぎたのだ。

ローダンとアンブッシュ・サトーがいとまを告げた。もう遅い時間だった。

通廊でだれかが待っている。ジャニュアリー・ケモ＝マサイだ。

「おじゃまをしたくなかったんですが」かれはテケナーにわびた。「四名の勇士はなんとかなりそうです。セッジがビオントを組織から除去しました。ただ、まだとんでもなく臭い。独特の臭気がまったく抜けなくて」

「不思議はないさ！　わたしは〝バイオカプセル〟を、かれらの宇宙服に隠していたんだ。その宇宙服をかれらは、うれしくない船外訪問のさい、どうしても着ないといけなかった。真空空間を横切る必要があっただろ？　そうしないと、かれらはあんなに違和感なく、セランを着てはくれなかったからな。わたしの失敗は、かれらを操作し、かれらにインパルスを充填した者を見抜けなかったこと。クローンがいなければ、かれらの遺伝子操作はうまくいかなかった。ハイパー空間にわれわれが突入したとき、クローンが放射線によってかれらを起動し、グリゴロフ・プロジェクターを攪乱させた。いつ事故になってもおかしくなかったんだよ」

「へたすると、かれらに埋めこまれた指令装置をしばらく探していたかもしれませんね……」ケモ＝マサイが考えこみながらいった。「おそろしい！　おや、お疲れのようですね。わたしは消えます。あとひとこと、いわせてくれませんか？」

テケナーはうながすようにアフロテラナーを見た。かれはずっと心に抱いていたことを口にした。

「いまからわたしは、あなたがラトバー・トスタンの師だったことを無条件で信じます。あんなことを思いつくなんて……それにしても！　ペリーはかれ自身が信じるよりも危険な状態にあります。モノスはもうゲームはしない。次は攻撃です」

「それは、モノスが不安を感じはじめたしるしだ。われわれにはいいことだよ」

ケモ＝マサイは立ち去った。

ロナルド・テケナーはほほえみながらかれを見送った。今回は、ほがらかなほほえみだった。

未知との契約

H・G・エーヴェルス

登場人物

イホ・トロト……………………《ハルタ》指揮官。ハルト人
ドモ・ソクラト………………アトランのもとオービター。ハルト人
パンタロン……………………ポスビ
ゴリム…………………………髑髏都市のハイパー・インポトロニクス
シェボパルナム・
　ゾルガテヴ（シェズ）……惑星ゼックの住民。シェボパル人
スイン・ガー・ルル…………同ホテル・カンダルヒンドの経理部長
シルバー・トシュ……………同治安維持隊員のリーダー
ナクルム・ペタシュ…………同執行官候補者
ハケム・ミナルボ……………情報商人。テフローダー

1

イホ・トロトは退屈からうたたねをしていた。《ハルタ》はコンピュータ結合体の制御で、すでに四十二光年にわたって、マークスの三十隻からなる大型戦闘船団を追尾中。この船団はアンドロメダ銀河ハローの球状星団から、四十五度の角度で銀河平面に接近している。

数秒前、マークスの船と《ハルタ》は方位確認のため、通常空間に復帰していた……そのとき、けたたましい警報が鳴り響き、トロトとその二名の同行者を驚かせた。

警報がとまり、コンピュータ結合体から報告がきた。

「衝突コース上に五基の宙雷！　右舷から七光秒の距離、速度は光速の〇・九三四倍。砲撃も回避も可能です。一秒で決定してください、トロトス」

「回避しろ！」トロトは即答した。

かれの計画脳はすでに現状を把握し、ただちに分析していた。宙雷を砲撃すれば、核弾頭が確実に爆発する。その激しいエネルギー放出はマークスの探知からけっして逃れられない。宙雷を発射したのがかれらでないとすれば、爆発によってかれらは、これまで探知不能な距離を保ってきた追跡者に気づいてしまうだろう。一方、最適計算によって、インパルスエンジンのわずかな弱い噴射で宙雷を回避できれば、気づかれずにすむかもしれない。

それがトロトの決断の根拠だった。

コンピュータ結合体は回避を決行。《ハルタ》は船首を宙雷の軌道よりも三十度、下方向に傾け、光速の〇・三倍に加速すると、エンジンを停止して飛行をつづけた。イホ・トロトとその同行者は探知スクリーンの映像を注視する。五基の宙雷はグリーンの光点として見え、急速に近づいてくる。ハルト人はいま、はじめて気づいた。宙雷はエネルギーをまったく放出していない。つまり、推進力なしで宇宙を流れているのだ。かれはコンピュータの報告を聞いたとき、すぐにある疑問を抱いていた。なぜ宙雷は七光秒の距離ではじめて探知され、それ以前には探知されなかったのか、と。これはその答えになる事実だった。

狡猾(こうかつ)に仕組まれた攻撃なんだろうか?

トロトは宙雷の探知リフレックスと、軌道と距離の表示から目を離さない。いつ、宙かったから。
雷のエンジンが点火され、ふたたび《ハルタ》と衝突するコースをとってもおかしくな

この船の三層パラトロン・バリアは、弾頭の爆発力に耐えられる。ハルト人はそう確信していたものの、それを作動させずにすむことを願った。衝突は事態を不必要に複雑化させる。トロトが知るかぎり、マークスとハルト人は敵対関係にはない。とはいえ、この水素呼吸生物はどこまでも疑り深い。だれかが自分たちのあとをつけていることを知れば、よく思うはずがない。

しかし、五基の宙雷は、《ハルタ》から上方向に四光秒の距離を保ちつつ、通りすぎていった。

「われわれが狙いじゃなかったんだ」トロトの右側の非常用シートにいたドモ・ソクラトは、ほっとしたようすでいった。

「だが、それを放置すれば危険はつづく。一年後、あるいは百年後、知的生命体に死と破滅をもたらすかもしれない」トロトはいった。「タラヴァトス、弾頭を分子破壊砲で集中砲撃し、破壊しろ！」

「もう通りすぎましたよ」船載コンピュータが応じた。「後部機関しか狙えません」

「命令を実行せよ、脳の代用物！」トロトが悪態をつく。

「コンピュータにはプラズマ・パーツがないですからね」ポスビのパンタロンが口をは

さんだ。かれのからだは、三つのたがいに位置のずれたX字状要素でなりたつ。その頂部を飾る、ドーム形の頭蓋複合体が揺れ動いた。

「そのせいじゃない」トロトは自船の動きを目で追いながらいった。船載コンピュータは船を減速させると、大きな弧を描きながら宙雷の前に移動させ、その弾頭がビーム兵器の射程距離に入った。「コンピュータはただ、自分がわたしよりも知的だと証明したかっただけ。そのためならどんな手も使うんだ」

ドモ・ソクラトが低く控え目に笑った。それは遠い雷のように聞こえた。

「あなたたちはわたしの本性を誤解しています」タラヴァトスは嘆いた。「わたしはただ、主人が明確に命令していないことをしたくなかっただけです」

コンピュータは五本の高収束探知ビームで目標を照らすと、分子破壊砲で短い集中砲撃を開始。宙雷の弾頭を破壊した。

「おい、知ったかぶり屋！」トロトが不機嫌そうに叫ぶ。「宙雷の年代を特定しろ！」

「でも探知によれば、マークスはあらたな超光速航行の準備をしています！」コンピュータが異議を唱える。「追跡をつづけたいのなら……」

「わたしが明確に命令していないことを口にするな！」トロトは嘲（あざけ）るようにたしなめた。

「いうとおりにしろ！」

「方針変更ですか。まるで風見鶏だ！」コンピュータは非難した。

トロトは大声で笑った。

笑い声がおさまると、ソクラトがたずねた。

「わたしも訊きたい。なぜ、マークスの追跡をつづけないんだ、トロト?」

トロトは作業アーム一対を持ちあげ、またおろす……人間のような手ぶりをした。

「心配になったからだ。このままでは、わが種族の居場所をつきとめる手がかりが見つからないのでは、と」かれはいった。「これまで一年以上、アンドロメダ銀河をめぐっているが、成果はない。だから一度、型破りな手法を試してみたいんだ」

「六百三十七年」タラヴァトスがいった。「宙雷のおもな材料、合金の経年数です」

「ということは、百年戦争のさなかに製造されたんですね」とパンタロン。

「おそらく発射もされた」トロトがつけ加えた。「その軌道を発射点までさかのぼれば、当時の戦場のひとつに行きあたるかも」

「それがわれわれに、なんの足しになる?」ドモ・ソクラトは疑わしそうにたずねた。

「さあな」とトロト。「だが、たとえその調査が直接の役にはたたなくても、あの大混沌の時代以降のアンドロメダの歴史を、多少はくわしく知る助けになるかも……その新情報のなかに、われわれに役だつなにかが隠れているかもしれないのだ」

「宙雷の軌道ははっきりしません」タラヴァトスが指摘する。「計算で逆追跡するしかありません、トロトス」

「それは承知の上……その得失も勘案ずみだ」イホ・トロトはそういいつつ、考えた。約三千百億太陽質量をもつ星の島で、十万人ほどのハルト人が暮らす惑星が見つかる見通しは、ないに等しい。

運が悪ければ、千年もむだに探しつづけることにもなりかねない……一方、運がよければ、ただやみくもに探しても、数カ月で逃亡先を見つけられる。

運とはしかし、楽観性を失わない者だけに訪れるもの。

「はじめろ、タラヴァトス！」かれの声が轟(とどろ)いた。「きみの構造フィールドを錆(さ)びつかせないようにな！」

コンピュータはごていねいにも、自分のハイパーエネルギー性フィールドが錆びたりしない理由を説明しだしたが、トロトは耳を貸さなかった。かれの関心はただひとつ。それは、タラヴァトスが最初の暫定的な計算によって、宙雷の推定発射点へ向かうコースに《ハルタ》を乗せられるかどうか。

そして、それは実現したのだ……

＊

三十光年のハイパー飛行を終え、《ハルタ》は通常空間に復帰した。

船はまだ、アンドロメダ銀河の平面をしゃぼん玉のように包みこむ、ハローのなかにいる。

この球状空間はハルト人の目にも、人間の目で見るのと同様に見えにくかった。約六百の球状星団、RR型変光星、薄いガス雲、磁場、そして磁場で光速近くまで加速された電子のシンクロトロン放射……それらがひろく分布する銀河ハローの全体像を表示できるのは、探知・計測システムだけだった。

《ハルタ》のコンピュータ結合体にとっての困難は、ここからはじまった。なぜなら、それらすべての事実と要因が、それぞれの自然法則に則りながら、アンドロメダ銀河ハローを通過して移動する五基の宙雷の軌道にも、影響をおよぼしたはずだから。

個々の影響は、大半がほとんど測定できないほどわずかだ。だが、宙雷の軌道を発射点までさかのぼるためには、そのすべてをできるかぎり精確に考慮する必要があった。

イホ・トロトは忍耐強く結果を待った。専用の椅子に深く腰かけたかれは、まわりで起きていることに無関心のように見えた。だが、無関心どころではなかった。宙雷との遭遇と、それがアンドロメダのどの宙域から飛来したかを推測することによって、古い記憶が呼びさまされていたからだ。

かれはおよそ二千三百三十年前、ペリー・ローダンとアトランとともに《クレストⅢ》と《インペラトール》ではじめて、アンドロメダ銀河に進撃したときのことを思い出していた。それは未知への進撃だった……そして、危険を顧みない軽はずみな行動だった。当時、アンドロメダではいわゆる〝島の王たち〟が、卓越した技術と、デュプロを配置した巨大な艦隊で権力をふるっていたから。

あの進撃が大惨事に終わらなかったのは、ほとんど奇跡だったが、逆にいえばほとんど奇跡でしかなかった。その成功の決め手となったのは、ペリー・ローダンの天才的な指揮、テラの宙航士たちが不屈の意志でアンドロメダからの脅威を回避したこと、そしてなにより、テラナーが公正で人道的な手続きを踏んで、島の王たちの同盟者を次々とかれらの味方につけたことだった。

NGZ一一四六年、西暦でいえば四七三三年にあたる現在は、すべてが変わった。銀河系とアンドロメダの種族とのあいだに緊張関係は存在しない……すくなくとも、自分が判断できる範囲では。

いや、今回のミッションは純粋に個人的なものだ。わが種族を再発見したい。それだけなのだ。もちろん、頭の奥では、ハルト人が銀河系の未知の権力者に対して、また銀河系種族の自由のためになにができるかを考えている。考えずにはいられなかった。だが、それはあくまで二次的な問題だ。ハルト人の逃亡先をつきとめるのが先決。いや、それ以前に、その手がかりを見つけないと。

「計算終了です、トロトス」コンピュータが伝える。「飛来軌道のハロー内での偏差は、差し引きすると〇・四度以下です」

「〝差し引き〟とはどういう意味ですか?」パンタロンがたずねた。かれの頭部複合体の青っぽく光る外被のなかで、明るい光点が揺れているように見えた。

「大半の偏差は相互に相殺しあったんです」タラヴァトスが説明する。「残りの〇・四度を除いては。したがって、あの宙雷の発射点は、アンドロメダの辺縁域だったとしか考えられません。その宙域でここから測定される質量はほんのわずかで、その分、重力の影響もわずかです。われわれの現在位置との距離は五百九十一光年、宙雷との接触位置までは六百二十一光年です。宙雷は超光速エンジンを持っていないので、六百二十四・三年近く飛びつづけている計算になる……初期速度がいまよりも光速に近かったことを考慮しました。恒星間物質によってある程度、減速されますので」

トロトは考えた。六百二十四年以上、飛びつづけているとは! そのあいだになにが起きたのだろう?

「いいかげんに先へ進もう。なぜ、スタートしない?」ドモ・ソクラトが息まいた。

「われわれにはどうでもいいことですから」タラヴァトスが皮肉な口調でいった。「六百二十一標準年前のどの戦争で宙雷が発射されたにせよ、はるか昔の出来ごとで、きっともう忘れられているでしょう」

トロトは一瞬、笑い声を轟かせたが、すぐに静かになって告げた。

「それでも先へ進んでいいぞ、えせ知性体! ただし、いっきにではなく、短い距離ずつ段階を踏んで進め！　宙雷の発射点にできるだけ精確に到達したいからな」

かれは心のなかでつけ加えた。そこに着いても、どうせおもしろいものはなにもないが、と。ただし、当時の戦闘が、ある惑星のすぐ近くで起きていなければだが……

コンピュータ結合体が数回、耳ざわりな機械音をたてた。きっと〝えせ知性体〟と呼ばれたことに怒ったんだろう。気がすむと、コンピュータは指示を確認し、船をスタートさせた。

十三の異なる長さの段階を踏んだハイパー飛行で、《ハルタ》はアンドロメダ銀河の平面をめざして慎重に進み、辺縁部に入った。探知システムは、亜光速飛行する低質量物質の進路を逸脱させる可能性のある影響を、すべての宙域ごとにくわしく測定した。

その結果、タラヴァトスの予測はほぼ百パーセント、正しかったことがわかった。十三回めのハイパー飛行段階のあとで方位確認をすると、船の前には実際に、非常に低質量の宙域があった。厳密には、その宙域は質量がないに等しかった……すくなくとも、銀河平面の宙域についていえば。

「暗黒宙域だ」探知を終え、トロトがいった。「星のない宙域が直径四十光年におよんでいる」

「しかも、深さは四十光年をはるかにこえます」パンタロンが口をはさんだ。「まさにわれわれの飛行方向に、星がまったく探知されない。百光年先でも」

「四百光年先でも同じです」タラヴァトスがいった。

「それはありえません！」ポスビが叫ぶ。

「ブラックホールだ」とトロト。「飛行方向に、われわれに向から星の光を通過させない、ブラックホールの集合体があるようだ。非常にめずらしい位置関係だが、ありえないことはない」

かれは考えこみながら、カラフルな標示のある、金属的な光をはなつ頑強なセンサー・バーをなでた。バーの下にはシミュニケーターが隠れている。これはコンピュータ結合体を手動で操作するための、ユーザーとコンピュータ間のインターフェースで、基本的には使用されない。通常、ユーザーとコンピュータとの通信は音響によっておこなわれ、それで充分であるためだ。

「なにか気になってしかたないんだ、お利口さんよ」トロトは思案しながらいう。

タラヴァトスは応答しない。すると、トロトがいった。

「きみに話しかけたのはわかっているな……わたしがきみを知るかぎり、わたしが気になっているのはなにかも、きみにはわかっている。だから、答えられるはずだ。なぜきみは、宙雷が暗黒宙域のどまんなかで発射されたと考えたのか……きみが最後の十三回めのハイパー飛行段階の前にあげた数値は、それ以外の結論を許さない値いだった」

「それはごくかんたんなことですよ」コンピュータ結合体は答えた。「宙雷は六百三十七年前に製造されたので、われわれが遭遇する前の飛行年数が、六百三十七年より長いことはありえません。わたしの推定では、それより短いはず。さもなければ、暗黒宙域のどこかの端にあるブラックホールのひとつから飛来したことになる……それはまずありえません」

「きみの推定では、か！」トロトがいった。「きみは精確な計算のかわりにたんなる推定をした！　それはコンピュータの〝職業倫理〟とどう整合するんだ？」

「コンピュータの行動を制御するのは、職業倫理だけではありません。さまざまな動機がそこにはあるのです」タラヴァトスが応じた……それはほとんど傲慢に聞こえた。

「なんといっても、知性体には感情もありますから……そして、わたしは知性体です」

「人工知能は人工的な感情しか持つことはできない」トロトはいい切った。「それでも、きみの行動を制御した合成感情には興味がある」

「わたしのことをわかっていませんね、トロトス」コンピュータ結合体は嘆いた。

「わかろうと努力しているんだ」トロトは反論した。「だが、そのためにはきみの助けが必要だ。さあ、きみの動機はなんだったのだ？」

「冒険心ですよ」タラヴァトスは冷たく答えた。

「冒険心！」イホ・トロトは見るからに動揺し、くりかえした。「なんてこった！　古きよき時代には、人工知能は冒険心など感じようとはしなかった。それはどこへいきつくんだ、タラヴァトス？　そのうち、性衝動のようなものに進化するのか？　きみにいっておくが、それはろくなことにならんぞ」

「それも、われわれ全員にとって」ソクラトが同意した。

＊

けたたましい警報がまた、《ハルタ》船内に響きわたった。

イホ・トロトは制御システムから、通常空間への復帰直前に船のエネルギー生成装置が停止したことを読みとった……いや、メタグラヴへの供給用のエネルギー生成装置だけではなかった。《ハルタ》は〝死んだふり〟をしていたのだ。

「探知！」ハルト人が事情を訊く前に、コンピュータ結合体が伝えてきた。「ハイパー走査が異常に大きな質量濃度にはね返されます。その距離は十四光年ほど。変化はありません」

「つまり、それがなんであれ、宇宙空間に静止しているんだな」ドモ・ソクラトがいった。

「航行していませんが、完全に静止してもいません」タラヴァトスが応じた。「物体は自由落下中ですが、最小限の速度です。計算で特定される暗黒宙域の中心点に対する相対速度は、毎秒二十二メートルにすぎません」

「小惑星でしょうか？」パンタロンが訊いた。

「まずちがうでしょう」と船載コンピュータ。「体積と質量から、メタルプラスティック製の物体としか考えられません」

「きみはインタヴューを受けるのではなく、規則どおりに報告をしろ……それも、わたしにだ！」トロトがいきりたった。

「テラの慣行をまねるのはいやです」コンピュータが不平をいう。

「レリーフ走査機、評価！」トロトが怒ってどなった。

「もう出てますよ！」タラヴァトスは、気分を深く害した知性体の口調で報告する。

「最大直径は九十キロメートル。形状は不規則で、押しつぶした球のようですが、表面は不連続。走査ホログラムを立体スクリーンに投影します」

「ようやくだ」トロトががなった。

かれは司令室の立体ヴィデオ・スクリーンに注意を集中した。それは正確には3Dヴィデオ・キューブだった。なぜなら、いわゆる標準惑星のすべての知性体の目にうつる立体ヴィデオは、三つの空間次元をもっているから……タラヴァトスが投影したホログラムもまさにそうだった。

ハルト人は、最初は考えこみながら、徐々に興奮を高めつつ、カラフルな走査ホログラムを凝視した。物体の外観はスフェロイド、つまり一種の回転楕円体に似た形状だった。先のタラヴァトスの〝押しつぶした球〟という比喩は、完全にはあてはまらないことがわかった。その形はむしろ、やや長く引きのばした球に近かった。

だが、なんらかの幾何学的形状との類似性をあげられるのはそこまでだ。コンピュータ結合体が〝表面は不連続〟と述べたものは、シンメトリーな構造物だとわかった。あるぴったりな比喩をしたくなる形状なのだが、あまりに不気味なので、《ハルタ》に搭乗する三名の宙航士は、それを容易には口に出すことができなかった。

その躊躇を最初に乗りこえたのはパンタロンだった……おそらく、ポスビはヒューマノイドとしてつくられていないからだろう。かれらのからだは目的に合わせて任意に設計されるため、その外観は、局部銀河群で知られるすべての知性体の姿と同様にさまざまだ。

「ミイラ化したヒューマノイドの髑髏ですね」ポスビがコメントした。

「こぶがいくつかある。金属くずでできているようだ。そのおかしな形は、鼻と耳を模したんだな」イホ・トロトが不快そうにつけ加えた。「まるで食人種のえせ芸術作品のようだ」

「あなたの評価は感情的でおおげさです、トロトス」船載コンピュータがいった。「ミイラ化したヒューマノイドの髑髏にたまたま似ているだけで、近くでよく観察したらちがうでしょう。数光時間のところまで近づくことを提案します」

いた。

「賛成だ」トロトはぼんやりと応じる。かれはまだ、不気味な比喩の印象にとらわれていた。

船載コンピュータが切り替え操作をする。

《ハルタ》は航行を開始した。適時にハイパー空間へ突入し、超光速飛行で目的地へと近づいた……

2

「十秒後に復帰します」コンピュータ結合体が宣言した。

「だめです！」パンタロンは叫ぶと、なにかを阻止するかのように、三本のアームを前方に伸ばした。

「だめですか？」タラヴァトスがためらいながら訊いた。

「ここではだれが決定をするんだ？」イホ・トロトがなった。

「もちろんあなたです、トロトス」コンピュータが応じた。「いまです！」

ハイパー空間の色のない縞模様が消えた。《ハルタ》のグリゴロフ・プロジェクターがプログラムどおりに停止し、それによって船の通常空間への復帰が開始されたのだ。

ところが、《ハルタ》は通常空間に復帰しなかった。突然、船は未確認のエネルギーの激しく揺れる波の上で踊りはじめた……そのまわりで、なじみのあるスペクトルのあらゆる色が、音もなく冷たく爆発している。

また警報がけたたましく鳴り響いた。

イホ・トロトの手が三層パラトロン・バリアの作動スイッチに伸びた。今回の警報はただごとではないと気づいたからだ。

だが、パラトロン・バリアの構築をしめす表示は暗いままだった。そのかわり、かつてのネットウォーカー船の内部が光りはじめると同時に、透明になっていくように見えた。

探知装置のスクリーンは動作がおかしくなり、現実にはありえないものをうつしだす。大きな音がして、パラトロン・バリアの作動スイッチが飛びだし、もとにもどった。トロトはスイッチをまた押しこもうとしたが、かれの握りしめた手はスイッチの十センチメートル上でとまった。船内の建材が正常にもどり、司令室の透明なドームの向こう側で、色の爆発が消えたことに気づいたから。

警報だけが鳴りつづける。

逆に探知スクリーンはおちついた。そこには依然として、トロトが現実とは思いたくないものがうつっていた。だが、それはもはやありえないものではなく、ホールの壁のようだった。ほぼ球状のホールで、直径は三百メートルほど。

その内側の壁だった！

イホ・トロトがそれに気づき、かれの船が罠におちいったことに気づいた瞬間、かれのなかに冷静さがもどった。

かれは警報を手動で切った。

警報が鳴りやんだ。それでもまだ、耳ざわりな騒音が消えない。トロトがドーム形の頭を回転させると、そのけたたましい不協和音はパンタロンから発していることに気づいた。ポスビは完全にわれを忘れているようすだ。

「かれをなんとかして黙らせろ、ソクラト！」トロトが仲間にいう。

「トランスフォーム砲……発射！」パンタロンは叫ぶと、意味不明の金切り声をあげつづけた。

「タラヴァトス、きみの状況報告はまだか！」トロトがポスビの金切り声をかき消すようにどなった。

そのとき、トロトの耳に鈍い衝撃音が届いた。まるで、装甲ハッチがちいさな核爆発の勢いで閉まったような音だ。音と同時にパンタロンは静かになった。

「待っているんだぞ、タラヴァトス！」トロトはどなり、わざとパンタロンのほうを見ないようにした。

「残念ながら、たいした報告はできません、トロトス」船載コンピュータは意気消沈して答えた。「グリゴロフが停止した瞬間、すべての周辺ユニットとの接続が切断されたんです。わたしはいわば目も耳も不自由な状態になりました。接続が回復したときには、われわれはすでに空洞のなか。その内壁は探知スクリーンでも確認できます。どうやってここにきたのか、わたしには説明できません。それに関するデータがまったくないのです」

「ミイラの髑髏のなかにいる可能性はあるのか？」ドモ・ソクラトが口をはさむ。

「ミイラの髑髏のように見える、宇宙要塞か宇宙都市のなかだ」トロトが修正した。その間も、かれの頭のなかでは疑問がうず巻いていた。《ハルタ》はハイパー空間から通常空間に復帰するあいだに突然、この物体のなかに運びこまれた。それも、この物体は復帰ポイントから三光時の距離があるというのに、わずか一秒足らずで……いったいどうやって？

「なら、髑髏都市だな」ソクラトがいった……こうして物体に名前がついた。

トロトはよく聞いていなかった。

「高周波ハイパーエネルギーだ！」かれはささやいたが、それは人間のささやき声とは似ても似つかない。むしろ、遠い雷のような音だった。「プシオン・ネットのフィールドラインに似ている。ただ、あの過去の現象の遺物ではありえない。エネルギーの種類だけは同じだが、ラインは極性を持ち、われわれを捕らえるために、いわゆる牽引ビームとして発せられている」

「それはおもしろいですね」タラヴァトスはいうと、とがめるようにつけ加えた。「でも、ソクラトがパンタロンにしたことはおもしろくありません。野蛮です」

こんどはトロトも、ポスビに目を向けざるをえなかった。

かれが見たものは、かれが鈍い衝撃音を聞き、音と同時にソクラトがパンタロンを黙らせたとき、かれを襲った不安を裏づけた。

ポスビの胴体をおもに構成する三つのX字状要素が、ばらばらになって床に転がっている。それぞれの要素からアームが一本ずつ突き出ていた。だが、最悪なのは、ポスビのポジトロン脳が収容されたドームが、生体要素をもつ球状の細胞プラズマから分離していることだった。

「パンタロン！」トロトが愕然として叫んだ。

ポスビは返事をしない。

「死んでしまった……ソクラトという怪物に殺されたんです」タラヴァトスがいった。

トロトは自分のアームバンド・デテクターをポスビに向け、その部品に次々と走査ビームをはしらせた。

「エネルギー的にはかれはまだ生きている」トロトは断言した。「ポジトロニクスとプラズマのバイオポン・ブロック接続が切断されているので、動けないだけだ」

「申しわけない」ソクラトは意気消沈していった。「自分になにが起こったか、自分にもわからないんだ。そこまで勢いよく殴るつもりはなかった。ただ、パンタロンにすこしばかり手荒に警告しようとしただけで。まるで目に見えないなにかがわたしの腕を操作して、ポスビにげんこつを思い切り叩きつけたかのようだった」

「ばかげた言いわけですね」タラヴァトスがいった。「ここに〝目に見えないなにか〟などありません」

「それはないかもしれないが、髑髏都市のなかで船は、無秩序な高周波ハイパーエネルギーの雨を浴びせられた。それが知性体を、非理性的な行動にはしらせた可能性はあるな」トロトは口に出して考えた。「パンタロンの行動もふつうではなかったから。理性を失っているように見えた」

「ですが、それならなぜ、あなたはおかしくならなかったんでしょう、トロトス？」船載コンピュータがたずねた。

「わたしの精神はより安定しているのかも」とトロト。「きみもおかしくならなかっただろ、タラヴァトス」

「それはわたしの卓越した知性のおかげです！」コンピュータが自画自讃する。

トロトは嫌味な言葉が口まで出かかったが、それをいうかわりにドモ・ソクラトに対し、ポスビをあとで修理するよう指示をした。

「だが、いますぐにではない」トロトがつけ加えた。「まずは髑髏都市を調査し、解放される方法を見つけないと。なにしろ、われわれは囚われの身だからな」

「だれから、あるいはなにからの解放だ？」ソクラトがたずねた。

「おそらくすぐにわかります」タラヴァトスがいった。「《ハルタ》がいるこの空洞の内壁の向こうで、エネルギー活動が多数、探知されます。それはわれわれに近づいてきますが、エネルギーはかなり弱い。まるでロボットからきているよう……その一部は非常にちいさな物体です」

イホ・トロトはふたたび、パラトロン・バリアの作動スイッチを押した……こんどはまた、もとにもどることはなかった。制御システムが、三層パラトロン・バリアが展開されたことをしめした。バリアのなかの微小な構造亀裂によって、探知は問題なくつづけることができる。そして探知データから収集された画像が編成され、司令室の透明なドームの上に投影されるので、直接的な視野が事実上、確保されていた。

「分子破壊砲！」かれはパートナーにいった。

ドモ・ソクラトがいくつかのスイッチ操作をし、報告した。

「分子破壊砲、発射準備よし」

「あそこにいます！」タラヴァトスが叫んだ。

同じ瞬間、トロトも物体を確認した。たったいま開いた、内壁のハッチからあらわれたのだ。

それは、かれの予想とは異なるものだった。

ひと目見てかれは、微小な黒い虫が群れをなして飛んできたと思った。その群れは、まるで煤の雲のように空洞内にあふれでた。

二十メートルほど進んだところで、その群れの流れはとまった。次の瞬間、群れのなかに白銀色のクモの巣のような網が形成された。数秒後にはその網の上を、クモの幼体を思わせる白い物体がうごめきまわる。

それだけではなかった。

べつのハッチから、前腕ほどの長さの物体が転がりでてきた。細長いかぼちゃを連想させる形状で、そのサフラン色の表面には無数のちいさな赤い点があった。

それが数百もあらわれたのだ……が、ほんの数秒後に消えた。

と同時に、警報が鳴りはじめた。《ハルタ》の周囲に展開するパラトロン・バリアがあちらこちらで明滅する。数々のちいさな構造亀裂から、暗赤熱した光が漂いこむと、すぐにまた亀裂が閉じた。閉じる前に数回、前腕の長さの物体があらわれた。それらはパラトロン・バリアの構造亀裂を通ってハイパー空間へとほうりだされたが、そのうちのいくつかはほうりだされる前に破裂。なかから、おや指の大きさの円筒物が飛びだすのが一瞬見えた。

「これは攻撃だ！」ソクラトがそう叫んだときには、前腕の長さの物体が内壁のハッチから次々と転がり落ちては消え、ほぼ同時に《ハルタ》のパラトロン・バリアで物質化した。それはなにかの容器のように見えた。

物体はひとつ残らずハイパー空間にほうりだされたが、激しい攻撃によってパラトロン・バリアに過大な負荷がかかった。その明滅がみるみる激しくなり、警告ランプの赤い光が、このまま過負荷がつづけば、じきに崩壊することをしめしていた。

トロトにはもう道は残されていなかった。パートナーに合図した。

「撃て！」

ドモ・ソクラトはとうに自動火器管制装置で標的を定めており、分子破壊砲の集中発射スイッチを押すだけの状態だった。

この兵器は作用の弱い武器だが、多数を集中的に使用することで、グリーンに明滅するビームの雨を存分に、標的空間に浴びせることができる。

内壁のハッチから転がりこんだ数百の容器は、その大半にビームが命中し、分子ガスと化した。

だが、その直前にパラトロン・バリアは数個所で不安定になっており、一部は効果が失われていた。

トロトとソクラトはその事実を、警告ランプの強まる光で確認するだけでなく、いくつかの容器が司令室に物質化しては破裂するのを目のあたりにすることで気づいていた。

あっというまに、司令室の床はくるぶしの高さまで、おや指大の円筒物で埋めつくされた。その円筒物は、ハルト人たちがパラトロン・バリアで破裂した容器で見たものと同じだった。

かれらは身を守るため、コンビ銃を抜いた。たったいま、敵の勢力が《ハルタ》に乗りこんだことがわかったからだ。そして、敵はおそらく司令室だけでなく、すべての区画になだれこんでくる。

この敵に対抗するのに激しい戦闘は避けられない。なぜなら、敵は硬化したハルト人のからだには手出しができなくとも、だからといって船を破壊するのをやめはしないだろう……船がなければ結局は、ハルト人側が手も足もでない事態になる。

ところが、ふたりが銃を撃ちはじめる前に、ハイパーカムが自動的に作動した……そしてスクリーンに、短足で肌の黒いヒューマノイドがあらわれたのだ。やや突きでた目と、グレイの顎髭、六本の指を持つ手も見える。

「和平を！」ヒューマノイドはテフローダー語でいった。「きみたちはテストを受け、コミュニケーションに値いするとみなされた」

「なにをばかな！」ドモ・ソクラトが立腹して叫んだ。「われわれを攻撃しておきながら、和平を説くとは。偽善者め！」

かれは銃を持ちあげたが、トロトが手で制したので撃たなかった。

「待て！」トロトはいった。「われわれはもう攻撃されていない」

事実、パラトロン・バリアはふたたび安定していた。船内で物質化した容器も消えた。

《ハルタ》の分子破壊砲はもう、発射されていない。空洞の内壁のハッチはすでに閉鎖されていたから。

ソクラトは司令室の床を埋めつくす、ちいさな円筒物を、銃身で指ししめした。

「これはどういうわけだ？」かれはスクリーンのヒューマノイドに訊いた。

「もう非活性化されている」ヒューマノイドはいった。「きみたちをおどかすのに使っただけだから……ところで、わたしの名はゴリムだ」

トロトはかれの仲間と自分を紹介すると、こういった。

「きみが真剣に和平を考えているなら、われわれが空洞から出て、髑髏都市の外側に船を着けられるようにしてくれ」

「髑髏都市？」ゴリムがいぶかしげにくりかえす。

「われわれがいまいるこの物体を、そう呼んでいるんだ」とトロト。

「われわれはドロークノシュと呼んでいる」ゴリムが応じた。「もちろん、きみたちはそこを出てかまわない。そのためにトンネルを開けよう。ただ、外に出ても、すぐに航行をはじめないでほしい。できれば情報交換をしたい」

「了解だ」トロトはいった。「では、またあとで」

ヒューマノイドはトロトの意図を解したようだ。ハイパーカムの接続を切り、作動を停止させた。

その直後、内壁に直径五十メートルほどのトンネルが形成された。

「われわれを外に運べ、タラヴァトス！」トロトが命じた。そしてひとりごとのようにつけ加えた。

「あのゴリムは完璧なテフローダー語を話すが、ぜったいにテフローダーではない」

「かれはそもそも生物ではありません」コンピュータ結合体はいった。「かれは一種のハイパー・インポトロニクスですが、ゴリムのようには見えません。ゴリムはホログラムで投影された虚像です」

イホ・トロトはなにもいわない。それを聞いて驚きもしなかった。かれは豊富な経験から、ゴリムとの会話が終わるころには、相手は有機知性体ではないと結論づけていたのだ。

かれの見解では、髑髏都市にはロボットしか〝居住〟していない。それもおそらく、有機知性体の予測がつかないようなことを考えるロボットだ……未知の宇宙船の乗員をただおどかすために、そのパラトロン・バリアを非活性化するなど、ロボットでもふつうは考えないから。

ハルト人は、髑髏都市の近くにいるあいだは、用心をおこたるまいと心に決めた。

＊

タラヴァトスはいつもの精確さで任務を完了した。《ハルタ》はなにごともなくトンネルを通りぬけ、自由空間に到達。十万キロメートルほど離れ、髑髏都市を周回する円軌道をとった。

イホ・トロトとドモ・ソクラトはこの距離から見てはじめて、この都市がどんな物体なのかを認識した。それは大きな宇宙ステーションの廃墟だった。かつての外殻は推測するのがやっとの状態。激しい砲撃で大部分が破壊されたにちがいない。いくつもの漏斗状の穴が、強烈な爆発の痕跡をしめす。むき出しになった内部から、建造者はハニカム構造を採用していたことがわかる。

だが、それを見て、トロトはなにかおかしいと感じた。髑髏都市は明らかに廃墟ではあるが、手入れがゆきとどいていた。メタルプラスティックの破片も、溶解した痕跡も、黒ずんだ穴も見あたらない。

「整理整頓と掃除がゆきとどき、ぴかぴかです」タラヴァトスが指摘した。「弾痕のエッジまで、きれいに除去し、研磨してあります」

「狂ったロボットだ！」ソクラトが断言する。「百年戦争の時代に、有機体乗員の支援をしたロボットの生き残りでは？」

トロトは考えこみながら廃墟を注視した。その形状は想像力をすこし働かせれば、たしかにミイラの髑髏のように見えるが、あくまで想像力をすこし働かせればの話だ。近くで見れば、その類似性は意図的なものではなく、たんに偶然の産物であることは明らかだった。

「ここでだれがだれと戦ったのだろう?」トロトが自問した。

「おそらくハウリ人とテフローダーだろう」ソクラトがいった。「われわれが知るかぎり、ハンガイ＝ハウリは当時、局部銀河群の複数の銀河で戦争をしていた。銀河系、マゼラン星雲、アンドロメダ、M－33が巻きこまれていたことは確実だ」

「だが、ホログラムにうつった姿は、テフローダーでもハウリでもなかった」とトロト。

「それに、《ハルタ》を髑髏都市の内部に連れこんだ技術と、パラトロン・バリアに打ち勝つ技術は、テフローダーやハウリのレパートリーには含まれない」

「技術に関するわれわれの知識は、もう古いだろう」ソクラトは指摘する。

「古いことはたしかだが、テフローダーの技術の開発傾向は、われわれに使用されたような、巧妙な六次元技術の方向性とは異なるものだ……わたしの持つあらゆる情報から考えると、それはハウリにもいえる。ちなみにマークスにもだ」

「そんな傾向は数百年もすれば変化するぞ」とソクラト。

「一般的な傾向はそうだが、わたしがいっているのは、ある種族のメンタリティの基礎をなす、深く定着した傾向だ」トロトは反論する。

かれは周囲を埋めつくす円筒物を指さした。

「これでわれわれを脅かすなんて、やはりテフローダーやハウリのメンタリティとはあいいれない。タラヴァトス、このしろものをサーボで船から一掃しろ！　それがここにあるかぎり、わたしはつねに危険と隣り合わせという気持ちになる」

「その気持ちはまちがっていませんよ、トロトス」コンピュータがいった。「ですが、わたしはあなたを助けられません。コンピュータ制御やポジトロン制御のサーボはどれも、この物体に触れることができないんです。物体から六次元放射が発生しつづけていて、それが物体の処理を妨害するんですよ。この物体の一部は生体要素ですが、その有糸分裂放射を測定したところ、高レベルでした」

「わたしは危険と隣り合わせどころか、反物質爆弾の上にすわっているような気分だ」とソクラト。「トロト、ふたりでこの危険な物質を、手で片づけよう」

「そうあわてなさんな！」トロトが警告する。「へたに試して〝爆弾〟を爆発させるといけないからな。ゴリムはわれわれをここに足どめするために、《ハルタ》にこの円筒物を積もらせたのかも。われわれから情報がほしいようだから。かれがそういっていた」

「でも、ゴリムなんていません」コンピュータ結合体が反論した。

「あのハイパー・インポトロニクスが自分をゴリムと呼ぶ以上、われわれもそう呼べばいいのだ」トロトが反論を退けた。「さあ、ゴリムにハイパー通信で連絡がつくか試してみろ！」

まるで、ハイパー・インポトロニクスはこの言葉を待っていたかのように……そしてまるで、《ハルタ》内の会話をすべて聞いていたかのように、ハイパーカムがふたたび自動的に作動し、スクリーンにゴリムと名乗る者のホログラム投影像があらわれた。

「待っていてくれてよかった」投影像はいった。

「飛行を開始してもよかったのか？」トロトが訊く。

「わたしにはわからない」ゴリムが答えた。

「本題に入ろう！」ハルト人はいった。「きみは情報がほしい……われわれもだ。きみからはじめてくれ！　この宇宙ステーションの歴史について聞きたい！」

「くわしくは知らないんだ」とゴリム。「この銀河の種族が建てたものではない、ということだけしか」

「つまり、ハンガイ銀河の種族が建てたのか？」ソクラトが口をはさむ。

「ちがう」ゴリムは否定する。「ハンガイ銀河とこの銀河の物質の素粒子調査から、このステーションはどちらの銀河の物質からも建てられていないことが判明した。べつの銀河の物質のはずだが、どの銀河かは特定できていない」

「銀河系の物質かもしれないな」トロトはいいつつ、どうすれば各銀河の物質の違いを見分けられるのだろうと思った。かれの知る調査方法では、そのような違いは立証できない。ゴリムははったりをいっているだけかもしれない。

「それなら、これまでに判明しているはず」ハイパー・インポトロニクスは主張した。

「その話は置いておこう」とトロト。「建造者はどんな印象だ？」

「その情報はない」ゴリムはいった。「ただ、内部空間の大きさからすると、テフローダーの体格に近いはず」

「するときみはステーションの乗員を、生体と死体のどちらとしても見ていないんだな？」とトロト。

「そのとおりだ」ゴリムは認めた。

「ならば、きみはこのステーションが戦闘で破壊されたあとに、はじめてここにきたのか？」ソクラトがたずねた。「せめて、だれがここを攻撃したのかくらいは知らないか？」

「その情報もない」ゴリムはいい張る。

突然、ハイパーカムのスクリーンが消えた。ハイパー通信機の制御システムの表示も真っ暗だ。

「どうしたんだ？」トロトが叫ぶ。

「わたしがわれわれのハイパーカムを守るため、ステーションの超強力なハイパーカムからの重畳的・強制的な接続回路を遮断したんです」タラヴァトスが説明した。「それによって同時に、ゴリムがわたしの記憶装置のデータを盗むのを阻止しました。ハイパー通信の接続中しか盗めないので」

「なんときたないやつだ！」ソクラトがののしった。「あのハイパー・インポトロニクスは、われわれにあまり質問をしてこなかった。それは、きみの内部が手にとるように読めるから。半生体の六次元放射源はおそらく、データ泥棒を支援するためだ。トロト、ありったけのトランスフォーム砲をステーションに撃ちこむことを提案する！」

イホ・トロトはそれを聞き入れず、タラヴァトスにいった。

「ゴリムとの通信接続を回復させろ！　ステーションのハイパーカムがほんとうにきみのいうように超強力なら、全力をあげて、われわれがそれを使えるようにするのだ。そうすればわれわれは、数百光年先の盗聴をするかわりに、アンドロメダ銀河全体のハイパー無線通信を傍受できるようになるかも。これはわが種族の情報を得るチャンスじゃないか」

「ハイパー・インポトロニクスがわれわれを拿捕するチャンスにもなります」タラヴァトスが反論する。

トロトは拒絶の身ぶりをした。

「もう拿捕しているさ……それどころか、その気になればとっくに、われわれを全滅させることもできた。だから、われわれのリスクは受容可能だ」

コンピュータ結合体はなにもいわなかったが、数秒後にゴリムとの接続が回復した。

「通話を勝手に中断するとは失礼じゃないか」ゴリムはいった。

「かれにははっきりいうべきです！」コンピュータがトロトに要求する。

「はなからそのつもりだ」とハルト人。「聞け、ゴリム！　きみが有機知性体ではなく、ハイパー・インポトロニクスであることはわかっている。そのうえ、われわれのコンピュータ結合体から情報を探りだしていたことも……それも、ステーションのハイパーカムと、われわれの船にばらまいた物体の六次元放射と有糸分裂放射の助けを借りて。その見返りをきみに要求する……それはステーションのハイパーカムの使用だ」

「わたしのことを怒っているのか？」とゴリム。

「怒る？　なんだそりゃ？」トロトは訊くと、つい先ほどまで、ステーションへのトランスフォーム砲撃を考えていたソクラトに、意味ありげに目配せした。「われわれハルト人は洗練されているから、復讐心は持たない。そもそも、暴力の行使を嫌悪している」そのときかれは、ゴリムがデータ傍受でハルト人の〝衝動洗濯〟についてもよく知っていることを思い出し、あわててつけ加えた。

「われわれがその気にならないかぎりは、だ。で、きみのハイパーカムの使用のほうはどうだ？」

「きみたちのホログラムを作成させてくれるなら、使ってもいいぞ」ハイパー・インポトロニクスが答えた。

「なんのために？」とトロト。

「わたしの趣味のためだ」ゴリムは答えた。「有機知性体と接触するとき、わたしは有機知性体として自己紹介したい……そのために、実在する知性体のホログラムだけを使うんだ。そしてハイパーカムを通じて、そのホログラムの投影像か画像を送るのさ」

「ゴリムのホログラムもそうか」ソクラトが口をはさむ。「ということは、本人もここにいたんだな。ゴリムはどの種族に属しているんだ？」

「それはいえない」ハイパー・インポトロニクスがいった。「ゴリムにいわないと約束したんで」

「約束は守らないとな」トロトがいった。「わかった。われわれがきみのハイパーカムを使い終わったら、すぐにわたしのホログラムを作成していいぞ、ええと、〝ゴリム〟。きみはどうする、ソクラト？」

「べつにかまわない」とドモ・ソクラト。

「じゃあ、わたしの牽引ビームにまかせてくれ！」ゴリムはいった。

＊

十五分後、《ハルタ》はステーションの格納庫に駐機した。ハイパー・インポトロニクスの配下にあるとみられるロボット・サーボの群れが、二名のハルト人を待ち受け、大きなホールに案内した。その壁のひとつは一面が、大型ハイパーカムの操作装置で埋めつくされていた。

「こりゃでかい！」ドモ・ソクラトが驚いて叫んだ。「これならアンドロメダ全体を網羅できるな！」

「全体はさすがに無理だ」ハイパー・インポトロニクスが否定した。このコンピュータは、ステーション内を浮遊するいくつもの豆粒ほどのミニカムを通じて、どこでも応答する。「それでも、到達距離はとてつもない。このハイパーカムはわたしの監督下で、わが宙賊たちが構築したものだ」

「宙賊だって？」ソクラトが不安げにくりかえした。

「わたしはそう呼んでいる。だが、実際に宙賊行為を働くわけではない」とゴリム。「ただのゲームさ。わたしはこの銀河の大部分で交信されるハイパー通信を傍受することで、価値の高い荷を積んだ宇宙船が、いつどこを航行するかをつかむ。そのデータを手がかりに、宙賊たちがわたしのシミュレーション回路を使って襲撃をするんだ」

「おもしろそうだな」イホ・トロトはいいつつ、考えた。このハイパー・インポトロニクスは有機知性体でいう、内因性の精神障害をわずらっている。思ったより慎重にあつかう必要がありそうだ。「きみはこれまで、この銀河の数々の文明に属する者たちのハイパー通信を傍受してきたはず。もしや、ハルト人の交信も？」

「いや」とゴリム。「きみたちと接触するまで、ハルト人が存在することも、この銀河に住んでいることも知らなかった。ハルト人がひんぱんに宙航していれば、なにかを傍受している確率が高いんだが」

「とくにこれという恒星間貿易はしていないと思う」トロトは応じた。「それに、わが種族のメンタリティのせいもあるだろう。目立たないようにして、自分たちの情報を吹聴しない」……もし、アンドロメダのどこかに住みついていればの話だが、とかれは思った。

「それなら当然、捜索はむずかしくなる」とゴリム。「だが、かれらがすくなくとも時おり、ほかの知性体と接触していれば、その知性体がいつか自分の取引先にその話をするかもしれない。そうなればあとは、だれが所望の情報を持っているか、その情報をどうやって入手したかを聞きだすだけだ」

「〝シシュの苦役〟だな」ソクラトがつぶやく。

「それをいうなら〝シシュフォス〟だ」トロトが訂正した。「テラの言いまわしを使うなら、正確におぼえてくれよ」

「シシュフォスの苦役とはなんだ？」ゴリムが訊いた。

「終わりのない無益な作業だ」トロトが説明する。「つまりかれは、そんな間接的な方法でわれわれの種族を探しだせる確率は、きわめて低いといいたかったのだ」

「わたしが手助けすれば、そうでもないかも」とゴリム。「わたしは何百もの会話を同時に傍受できる……それに、過去四百年間に傍受した会話の記録を短時間でチェックし、有用な情報を含んでいるかどうか確認することもできるんだ」

「そいつはありがたい」トロトがいった。「いつ、はじめられる？」

「いますぐにも」ハイパー・インポトロニクスは答えた。

大型ハイパーカムのスクリーンが明るくなった。制御ユニットが点灯すると、多数の有機知性体やロボット知性体がささやき、しゃべり、どよめく声がスピーカーから流れてきた。

二名のハルト人は、スクリーンにうつるシンボルと知性体、そして宇宙船の司令室内や、惑星の無線制御センターのようすに目を奪われた。

そのどれも、何千もの惑星に宇宙を航行する知性体が住み、何十万隻という宇宙船が何十億トンもの貴重な品々をひっきりなしに運ぶ星の島々では、ありふれたものだった。イホ・トロトとドモ・ソクラトが、そのような光景を久しく見ていなかっただけだ。

「安定した平和と、経済の繁栄だ！」ソクラトは叫んだ。興奮と同時に羨望も感じながら。「アンドロメダはなんて幸福な銀河なんだ！」

「安定した平和は、有機知性体が存在しない場所にしか根づかない」ゴリムがいった。

「この銀河には現在、大規模な星間戦争はないものの、商工業帝国のあいだで競争が激化している……その影響は長期的に見れば、大規模な星間戦争よりも深刻だ。なぜなら、あらゆる天然資源の容赦ない搾取と掠奪は、必然的に何百万もの生態系の回復不能な破壊につながるから……そのうえ、安い貨物輸送のために巨大転送機を見境なく使用すれば、いずれあらゆる時空構造を崩壊させることになり、その影響ははかりしれない」

「そうだな」トロトは心得たようにいった。「大半の種族はまだ若すぎて、性急な行動がもたらす負の影響を、すみずみまで見通すことはできない。かれらが自然に賢くなることはなく、みずから生んだ災難によって賢くなるしかない。だが、いつの日か、生き残った者たちのあいだで理性が打ち勝つ時がくる。数万年前のわれわれハルト人のように」

「真の知性体にとって、その知見は衝撃的だ」ハイパー・インポトロニクスがいった。

このコンピュータは自分のことをいっている、とトロトは思った。

かれは声に出してこういった。

「はじめよう！　わたしはハイパー通信のメッセージをひとつずつ傍受しないといけない。古きよき時代の宇宙ハンザの取引所のように、十把一絡げではなく。あそこではいつも頭痛がしたからな」

ソクラトがむせたかのような音をたてた。トロトはそれを愉快そうに聞いた。もちろん、かれは頭痛など感じたことはなかった……そして当然のことながら、ハルト人の規律と敬いの精神は、年上の同胞に対して否定的な発言を避けるよう要求する。

ゴリムはトロトの発言を、言葉どおりに受けとったようだ。なぜなら、かれはロボット・サーボに、トロトたちをひとりひとつのキャビンへと案内させた。そこでは、ハイパー通信のメッセージをすべて同時にではなく、かれらが聞きたいものだけ聞くようになっていたから。

トロトはなにも考えずに、キャビンにある成型シートに腰をおろした。次の瞬間、かれはかつて椅子だったものの残骸から起きあがった。

「すまない、ゴリム」かれはいった。〝ビッグ・ブラザー〟が、ここでも盗み聞きしていると思ったから。

「わたしのミスだ」ゴリムの声がどこからか聞こえた。「すぐに頑丈な椅子を運ばせよう」

「その必要はない」ハルト人は拒否した。「立ったままでいい」

かれは制御ユニットの前に歩みより、接続中のハイパー通信のひとつを選択すると、メッセージに集中した。

スクリーンに二名のマークスがあらわれた。背景に無線制御センターがふたつ見える。二名はかれらのアンドロメダでの共通語、クラーマク語で、積荷の希少な重金属の引き渡しと価格について交渉している。

　会話は退屈で、ハルト人の話は出なかった。

　トロトはすぐにべつの通信を選択した。こんどは二名のヒューマノイドの会話で、ひとりは宇宙船内にいる。会話が進むうち、トロトはようやく、宇宙船内にいるヒューマノイドはテフローダー、もう一名はテラナー種族のギャラクティカーだと気づいた。後者の祖先はおそらくまだ、銀河系で生まれているだろう。

　この会話もハルト人にとってとくに有益な内容ではなかった。免税の調味料を密輸する相談で、ずいぶん儲かるビジネスのようだった。だが、トロトはだれがどれだけ儲けようと、どこぞの税務当局がとりっぱぐれようと興味はなかった。

　三つめの通信を選択する。そうして数時間、トロトはさらにいくつもの通信を選択し、いくつもの会話を傍受した。競売、破産、公正・不正なビジネス、陰謀、スカウト、データ泥棒……かれの種族の話題だけは、まったく聞こえてこなかった。

　ほかの知性体の苦境に平気でつけこみ、利益を得るような知性体に恥じ入ることもあった。その一方、大きな科学的成果を耳にし、敬意を感じることも。

　時にはトロトがおもしろいと思う会話もあった。

　たとえば、宙域テレビ局のレポーター二名のハイパーカムでの会話だ。それはゼックという名の惑星でたったいま、史上最大の契約が締結されたという話だった。シャーラム・メド・トラクとかいう人物の発見につながる情報を入手するための契約で、その額はなんと十五億ガフィ。

会話はテフローダー語だったので、ハルト人は通訳なしで理解できた……そしてアンドロメダ銀河住民とのこれまでの接触から、ガフィとは数多くの惑星で通用する通貨で、とくに銀河平面の辺縁宙域でひろく流通していることを知っていた……さらに、ガフィは現在、宇宙ハンザ時代のギャラクスと同等の購買力があることも。だれかがべつのだれかを見つけるために、そこまでするとは。それも〝推定される〟居場所に関する情報のためだけに、十五億ガフィという法外な額を支払うなど、かれには精神的退廃の末路としか思えなかった。

だが結局、トロトはその情報にも、かれが傍受したほかの無用な会話と同様に、たいした時間は割かなかった。その後もマークス、テフローダー、ギャラクティカー、ニゲター、シュトラッペン、コルクツェン、ミクデンの通信を傍受し、分離主義組織、亡命政府、宗教セクトの情報やメッセージを盗み聞いたが、かれの種族の行方に関する手がかりは、なんら見つけられずに数時間が経過した。そのとき、かれはふと、情報の入手と引き換えに十五億ガフィを支払うという契約のことを思い出した。

トロトは考えた。ゼックという名の惑星は、その契約がたまたま締結された場所だったのだろうか？　それとも、どこかべつの貴金属や薬物の取引所のように、つねに大規模な情報の取引がおこなわれているのだろうか？

かれは遍在なるハイパー・インポトロニクスに頼んで、これに関連する会話を、保存されているすべての会話から抜きだし、かれのキャビンでもう一度、再生してもらった。

それを聞き終わると、かれは考えこみながらいった。

「ゼックはどうやら、銀河の情報取引所のような場所らしいな。だとすると、情報商人は銀河全域にわたる代理商のネットワークがないとやっていけないだろう……数百万もの代理商がひとりとして、一度たりとも、ハルト人が住む惑星に関する情報を扱っていないということは、まずありえない」

「ゼックではあらゆるものが取引されているが」ゴリムがいう。「とくに情報だ。事実、ゼックで入手できない情報は、どこで探しても手に入らないといわれている。宣伝文句の一種ともとれるが」

「そんな話を聞いたことがあるんだな？」ハルト人は確認する。

「よく聞く話だ」とハイパー・インポトロニクス。「それもすべて保存してあり、いつでも呼びだせるぞ。いくつか聞いてみるか？」

「いや、必要ない」トロトが応じた。「それより、ゼックがどこにあるのか知りたい。きみはもちろん、知らないだろう？」

「ゼックはギブストゥ宙域にあるアルク星系の第二惑星だ」とゴリム。「そこはアンドロメダ銀河の辺境惑星の宙域で、ギャラクティカーがアンドロ・ベータと呼ぶ小銀河と向き合う位置にある」

「きみは天使だ！」トロトは叫んだ。「もしや、アルク星系の精確な座標も知っているのか？」

「もちろんだ」ハイパー・インポトロニクスは答えた。「だが、警告しておく。ゼックは荒れた危険な惑星だ。数ある種族からもっとも良心のない連中が集まり、おもに違法なビジネスを手がけている。気にくわない競合相手を力で排除することもいとわない」

「ほんとうか？」トロトはしめたと思い、近ごろよく感じていた、通常脳のなかで生じる衝動洗濯の心的圧力をまたもや感じた。「それなら、ゼックはまさに、わたしとパートナーにうってつけの場所だ。座標を教えてくれ！」

「きみたちのホログラムを作成したら、すぐに教えてやるよ」とゴリム。

「ならば、やってしまおう！」ハルト人はいった。荒々しい決意を胸にして。

3

《ハルタ》が最後の超光速飛行を終えて通常空間に復帰したとき、船はアンドロメダ銀河のかなり星のすくない宙域にいた。

左右に輝く星々は合計でも百に満たないが、後方を見ると徐々に星の密度が増していき、銀河平面の中央では大きな星の塊りが、まるでひとつの巨大な恒星が光をはなっているように見えた。

船首の前には、きらめく星はふたつだけ。ひとつは十四光時も離れておらず、鈍い黄色の光をはなっている。これは恒星アルクにちがいない。隣りの恒星までは七光年ほどだ……その向こうには銀河間空間という暗黒の深淵がひろがっている。だが、その五万光年先には明るい光の点があった。それはテラナーがアンドロ・ベータ星雲とも呼ぶ、小銀河M－32だ。

イホ・トロトの視線はアンドロ・ベータを通りすぎ、二百二十万光年以上も離れたべつの〝天体〟をとらえようとしていた。銀河系だ。

ハルト人は、かれの種族が故郷銀河から永遠に追放されてしまうと思うと、切ない気持ちになった。だが、それもほんのすこしのあいだだった。文明と銀河の歴史においてはなにものも不変ではいられず、つねに変化をまぬがれないことを思い出したから。

いつかはきっと、ハルト人の故郷惑星への帰還をはばむものはなくなるだろう。惑星ハルトの地表は荒廃し、大気のない状態だが、高度に発達した惑星工学技術によって変えることができる。かつて、銀河系の数々の惑星から冒険的な方法で逃げてきた、追放者たちのちいさな集団があった。かれらはきわめて原始的な手段で、ハルトの地下で生きのびることに成功したのだ……それをトロトは自分の目でたしかめた。ならば、高位の科学者と熟練した技術者で構成される十万のハルト人が、その最先端の技術を駆使すれば、虐げられたこの惑星をエデンの園に変えることができるはず。

すると、トロトの目の輝きがかげった。その実現までの道のりは長いことが、かれにはわかっていたから。ハルト人の歴史ではじめて、技術的にも軍事的にもかれらを凌駕（りょうが）する敵が、銀河系で権力をにぎっているからだ。この敵を倒すまでは、引きさがるわけにはいかない。

かれはため息をついた。

その音はまるで、死にゆくティラノサウルスのあえぎ声のようだった。

「じきに終わるから」ドモ・ソクラトがいった。かれはトロトのため息が、不満の表明だと思ったようだ。

トロトはドーム形の頭を九十度、回転させると、パートナーを見つめた。かれは床に横たわるパンタロンの上に身をかがめ、作業アームの把握手で半ポジトロン・ツールを操作し、ポスビの最後の修理作業を進めていた。トロトは一瞬、床を埋めつくしていた六次元放射源のことを思い出した。あれは宇宙ステーションのなかに跡形もなく消えていったのだった。

「あと十分だ」ドモ・ソクラトがいった。「パンタロンは新品同様になるぞ。もっともわたしには、かれの脳の細胞プラズマ・パーツを病的な興奮から回復させることはできないが。つまり、かれはすぐにまた、われわれの神経を逆なでするだろう」

「冗談じゃない！」トロトがうなった。「かれの修理を完成させても、まだ起動させるな……わたしがいいというまでは！」

かれはまた頭を回転させ、有柄眼を航行方向に向けた。そして船を加速させたが、亜光速のまま航行をつづける。

「なぜ船を手動で操縦するんですか、トロトス？」船載コンピュータが非難するようにたずねた。「その作業はわたしが引き受けますよ」

「これは作業ではない。〝お楽しみ〟なんだよ、タラヴァトス」とハルト人。「わたしはただぼんやりすわって、宇宙空間を運んでもらうのは好きじゃないんだ。きみは探知とアルク星系の計測に専念してくれ」

「それは操縦のかたわらでもできますよ」コンピュータ結合体は不機嫌そうにいった。

「ところで、第二惑星には離着陸レーンが五本、第一惑星には二本あります。ゼックでは現在、三隻の中型宇宙船が離陸予定、一隻の小型宇宙船が着陸進入予定です。第一惑星では離陸と着陸進入が一隻ずつあります」

「第一惑星はチッカという名だ」トロトはいい、探知結果を手がかりに第一惑星の恒星からの距離を、ソルと金星の距離と同じくらいと判断した。ただ、恒星アルクはソルよりもちいさく温度も低いことから、チッカの環境は必然的に、殺人的に濃密な大気と灼熱の地表をもつ金星とは異なる。それ以上の情報は、ハイパー・インポトロニクスにもわからなかった。

アルク星系のほかの惑星についてもくわしい情報はなかったため、イホ・トロトは通常空間に復帰後、はじめて第三惑星もあることを知った。その惑星とゼックとのあいだには、質量の大きい小惑星帯が横たわっていた。第三惑星の大きさは木星に近いが、固体物質の量はその五倍に相当する。大気は高炉の内部のように熱く、ソル星系の金星よりもさらに濃密。生命体は存在しない確率が高い……もし存在するとしたら、トロトにも想像できないような生命体にちがいない。

衛星の存在も、探知で確認された。数はひとつで、第三惑星のまわりを五百五十万キロメートルの距離で公転している。大きさは水星くらいで、大気はメタン。人工的に生成されたエネルギーの探知結果は反応なしだった。

ゼックに関するよりくわしい情報も、探知によって徐々に明らかになってきた。ひとことでいえば、この惑星は地球に似ているが、やや暖かい。熱帯と亜熱帯を行き来するような気候だ。地軸の傾きがないため、極氷冠は存在しない。ふたつある大陸がそれぞれ、北極と南極をおおうだけだ。そのあいだには、この惑星で唯一の巨大な海がひろがっている。重力は〇・八七九G。

《ハルタ》がゼックにあと一千万キロメートルの位置まで近づいたとき、ハイパーカムが反応した。トロトは装置を作動させたが、自分からはまだ連絡をとらなかった。

「こちら第一管制局！」テフローダー語の声がして、スクリーンに抽象的なシンボルがあらわれた。「ゼックに接近中の未確認船に告ぐ。こちらに連絡し、所属を明らかにせよ！」

トロトは録音スイッチを入れ、伝える。

「こちら宇宙船《ハルタ》、わたしは船の所有者で船長のイホ・トロトだ。着陸許可を求む」

スクリーンのシンボルが消えた。かわりにヒューマノイドの姿がうつった。グリーンのオーヴァオールを着ている。

「第一管制局から《ハルタ》に告ぐ」かれはいう。「トロト船長、訪問の理由はなんだ？　きみのメタボリズムはマークスのものと類似しているか？」

「最後の質問から答えよう」とトロト。「わたしはなんでも吸って呼吸する。ゼックの大気も大丈夫だ。最初の質問についてだが、パートナーのドモ・ソクラトとわたしはビジネスをしたい」

「ビジネスのためにゼックにきたのなら、着陸を許可する。宇宙港を指定するので、とりあえず高高度の周回軌道に進んでくれ！　待機時間はそう長くはならない。ビジネスの成功を祈る！」

「ありがとう！」トロトが叫ぶ。「きみの名前を……」

トロトは言葉を切った。スクリーンが暗くなったから。かれはすぐに計画脳で、ゼック上空の高高度軌道に向かう航路を計算すると、その航路をとった。

「友好的だったな」ソクラトはいった。

「はやまるな！」とトロト。「かれらの礼儀正しさは、うわべだけかも」

かれはゼックがどんな状況にあるか、知りたくてたまらなかった。ゴリムの話によれば、アンドロメダの数々の種族の者たちが大勢、集まっているはず。この銀河は平和が支配しているとはいえ、マークスはそのなかに含まれないだろう。水素呼吸生物にとっては、酸素を含有する低圧大気を持つ惑星は、どこもあまり魅力はない……かれらのメンタリティが、ヒューマノイド知性体のメンタリティとはきわめて異なることはべつとしても。

さらにアルク星系は、アンドロメダ銀河でのテフローダーの影響領域に属する……テフローダーとマークスはたがいの影響領域を無条件に尊重しあっていた。ただし、第二惑星のゼックはたんに名目上、テフローダーの影響領域に属するにすぎない。テフローダーの惑星連邦はアルク星系をいわゆる〝自由星系〟と認め、その主権を保障しており、同星系はゼック政府が統治している。ゼックは自由貿易惑星らしく、そのおかげでこの惑星では、数千の恒星系の連邦制によるよりも自由に、外交・商業活動を展開できるようだ。

「探知システムが奇妙なものを検知しました」《ハルタ》が所定の軌道に乗ると、タラヴァトスが報告した。

「なんだ？」トロトはからかい半分に訊いた。船載コンピュータがまた、もったいぶりやがって、と思いながら。

「ゼックでは北極大陸にしか居住区はありません」とタラヴァトス。「北極点でもっとも人口密度が高く、そこから離れるにつれて低くなる……それも急激に低下するんです」

「たしかに奇妙だな」トロトは認め、それがほんとうであることを探知結果で確認した。隣りにすわるドモ・ソクラトも、船外観測スクリーンに拡大映像を追加で表示する。

二名のハルト人は、北極大陸には大都市がひとつしかないことに気づいた。高層ビルが密集するその中心エリアは、まさに惑星の北極点を中心にひろがっている。ただし、その中央には建物のない円形の領域があった。そこには巨大なモノリスが垂直にそびえ立っている。形は摩天楼に似た細長い角柱だが、表面が磨き上げたエメラルドのようなグリーンの輝きをはなつ点で、高層ビルとは趣が異なった。

都市全体の直径は二十キロメートルほど。外側にいけばいくほど、建物の密集度と大きさが低下する。都市の周辺には二キロメートル幅の緑地帯があり、その先のかなり離れたところに五つの宇宙港があった。港を囲むように倉庫群や歓楽街がひろがるが、日中にはなんともみすぼらしく殺風景に見えた。

以上が、直径三千キロメートルもの大陸の、ほぼすべての居住エリアだった……機械・ロボットステーションを併設する広大な農業用地と、海岸沿いにある、いくつかのちっぽけな港湾施設をのぞけば。

「こんな都市は見たことがない」とソクラト。

「これは偶然ではありません」タラヴァトスが主張する。

二名のハルト人はどちらも返答しない。ふたりは周回軌道上で南極大陸が視野に入るまで待った。

「ほんとうだ！」トロトが叫んだ。「ここは手つかずの原野のようだ。村のひとつも見あたらない。探知結果はどうだ、タラヴァトス？」

「人工的に生成されたエネルギーの放射も、人為的な熱源もありません」コンピュータ結合体が応じた。「森林から定期的に木材が生産されているようすもないですし」

「自然保護区だ！」ソクラトが叫んだ。「南極大陸は自然保護区なんだ！　見ろよ！大きな風害にあった場所さえ、そのまま放置されている」

「ゼックの住民の環境意識は模範的ですね」コンピュータが断言する。

「そんなはずはないんだが」トロトは考えながらいった。「だとしたら、わたしが集めてきた経験とは正反対になる」

そのときハイパーカムが反応し、議論は中断した。

「こちら第三管制局」ヒューマノイドが連絡してきた。スクリーンの映像からはテフローダーにもテラナーにも見える。「宇宙船《ハルタ》に告ぐ！　これから、着陸と着陸する宇宙港のデータを伝えるので保存してくれ！　わたしが笛で合図を送ったら、ただちに降下を開始すること。わかったか、《ハルタ》？」

「すべて了解だ」トロトはいった。

「保存も完了」タラヴァトスが補足した。いつもどおり完璧に主人をまねた声で。

ゼックの管制官が手で挨拶をした。するとハイパーカムのスクリーンが暗くなった。

二分もしないうちに、大きな笛の音が鳴った。

「きみに降下をまかせたぞ、お利口くん!」トロトは船載コンピュータに命じると、うしろにもたれかかった。「考えごとがあるんでな」

＊

《ハルタ》が着陸した宇宙港は、直径二十五キロメートルの円形だった。現在、七隻の船が駐機中。すべてが球型船で、極部はやや扁平、直径は百メートルから三百メートルだ。

ポジトロニクスから無線で連絡がきた。《ハルタ》はいまの位置に駐機せよとのこと。さらに、なにか要望がないかたずねてきた。

「われわれは商人なので、取引がおこなわれ、情報が買える場所に行きたい」イホ・トロトがいった。

「それならキランドップにいくといい」とポジトロニクス。「タクシー・グライダーをそちらに送る。新参者はイメージが大事だから、ホテル・カンダルヒンドに滞在することをおすすめする」

「そうしよう」トロトは応じた。

タクシー・グライダーは十分後に到着した。そのあいだにソクラトは、トロトの指示でポスビを再起動させ、荷物を運べるようにした。

イホ・トロトとドモ・ソクラトの予想どおり、ロボット制御のタクシーはかれらを北極都市のほぼ中心部に連れてきた。この都市の名を、ポジトロニクスはキランドップと呼んでいた。テフローダー語で〝夢の女主人〟あるいは〝美しい夢〟といった意味をもつ複合語だ。

二名のハルト人がパンタロンをしたがえてホテル・カンダルヒンドのロビーに入ると、制服を着た男が目の前に立ちはだかり、訊いてきた。

「ガフィ？」

「ちがいます！」パンタロンが叫び、誤ってトランクをひとつ落とした。「こちらはイホ・トロトとドモ・ソクラト……わたしはトロトのオービター、パンタロンです」

「ばかもの！」ソクラトがどなった。「ガフィは名前ではなく、ここの通貨だ」

「ガフィ？」制服男がくりかえした。明らかにテフローダーではない。ヒューマノイドで、顔が極端に細く、肌は真っ赤、髪は黄色でたてがみのように立ち、馬のような歯をしている。

「あとにしてくれ」トロトがいった。「まず銀行に行ってホワルゴニウムをすこし交換しないと」

「ホワルゴニウム？」制服男がくりかえした。

「かれは頭の回転が悪いようだ」ソクラトがインターコスモでいった。「ここにはギャラクティカーも住んでいるだろうから、ホワルゴニウムという名前くらい知っているはず」

「そうとはかぎらない」トロトはいい、パンタロンを手招きした。「この制服男にホワルゴニウムを見せてやれ！」

ポスビは床に落としたトランクを開けると、ホワルゴニウムを入れた袋を引っぱりだした。袋の口を開いて制服男の、オウムのくちばしのように下向きに曲がり、先が鋭くとがった鼻の前に突きつけた。

男はその結晶をひと目見た……すると、驚いてうしろに飛びのいた。顔が脂汗にまみれている。

パンタロンはいらだってアームを振りまわすと、制服男にふたたび、開いた袋を差しだした。

「これは最高級のホワルゴニウムですよ」かれは説明する。「結晶ひとつですくなくとも一万ガフィの価値がある」

制服男がアームバンド・テレカムのスイッチを入れようとする。それを見て、イホ・トロトは察知した。ホワルゴニウムはゼックでは知られていないか、需要がない……いや、どうもそれどころではなさそうだ。

かれは前に歩みでてポスビをわきに寄せ、制服男に〝ささやいた〟。

「これは失礼をした。われわれは遠方からやってきて、その道中、ある商人にこの結晶を医薬品と交換してもらったんだ。かれが貴重な宝石だというので……それを信じてしまった。どうやらだまされたらしい。この結晶はいったいなんだ？　どうか教えてくれ！」

制服男はややおちつきをとりもどし、アームバンド・テレカムを作動させるのをやめた。

「それはチッカ＝シュガーといって」かれは静かにいった。「危険な禁止薬物ですよ。所持すれば一生、刑務所です」

「われわれを脅すのか！」パンタロンは金切り声をあげ、小型インパルス砲の砲身を伸ばした。「やつを炭にしてやりましょうか、トロト？」

「いますぐ黙れ！」トロトは怒ってかれにどなった。そして男に向きなおると、こういった。「われわれに薬物を押しつけた商人を訴え、結晶はもちろん廃棄する。重ねてお詫びを申し上げたい。われわれの名前はおわかりだな。最高級クラスのふたり部屋をひとつ、用意してもらえないか」

制服男はたちまち、おちつきをとりもどした。

「最高級クラスのふたり部屋ですか？」かれは確認する。「それだけで？」

「ああ、収納スペースがあれば充分だから」とトロト。たえず面倒を起こすポスビには、部屋よりも、閉じこめられる収納スペースのほうがいいと考えた。

「さようですか」制服男はいった。「わたしはスイン・ガー・ルル。このホテルの経理部長です。お客さまはガフィをお持ちでないようなので、お部屋を提供できません。充分な担保があればべつですが」

「テラニアのハンザ銀行の古いクレジットカードなら、まだ持っているが」ソクラトが口をはさむ。

「頓珍漢なやつだ！」トロトはそういいつつも、思わず笑った。さらにこうつづける。

「船にもどって、よぶんな機器や骨董品を探しあつめないと」

「もうすこしいい案がある」ソクラトがいい、ポスビを指さした。「この厄介者を、部屋代がわりに働かせよう。力仕事には相当、役にたつはず」

「かれになにができるんです？」スイン・ガー・ルルがいぶかしそうにたずねる。

「このホテルを二時間でとり壊し、半年後には再建できますよ」パンタロンは宣言すると、アームを振りまわしたので、手伝いに駆けつけたロボット・サーボをあやまって殴ってしまった。

「部品を拾いあつめて、もとどおりに組み立てろ！」サーボの破壊音がやむと、トロトが命じた。

「どうぞそのままで！」とスイン・ガー・ルル。「パンタロンは力持ちだとわかりました。かれに仕事をしてもらいましょう。ふたり部屋一泊につき三カ月、働いてもらいます」

「おまえ……」ソクラトは、憤慨していいかけた言葉を、トロトににらまれてとめた。

「いいだろう」イホ・トロトはいった。かれはパンタロンから、ホワルゴニウムの入った袋をとりあげ、トランクにしまった。パートナーにインターコスモでこうささやきながら。「なにかいくつか金にかえれば、すぐに現金で支払えるし、そのまぬけも〝質請け〟できる……もし、その気になればだが」

ホテルの経理部長はべつのロボット・サーボを呼びよせ、トランクを運び、客人を部屋へ案内するよう命じた。その後、ポスビを手招きすると、わきの出入口からロビーを出た。

次の瞬間、トロトとソクラトはぎょっとした。パンタロンの鈍く光るドーム形の頭がドアの上枠にぶつかって、大きな破片が崩れ落ちたのだ。

ハルト人らは、スイン・ガー・ルルが〝商談〟を破棄するために戻ってくると覚悟した。だが、かれはそのまま進んでいく……けっして完璧ではないものの、従順なポスビがそれを追った。

「あの経理部長はだれもしたくない仕事を、パンタロンにやらせるつもりだな」ソクラトがいった。

「あるいは、だれにもできない仕事かも」トロトはいった。この言葉がどれだけ現実味を帯びていたか……そのときのかれには知るよしもなかった。

4

かれらは部屋をチェックし、使えると判断した……最先端技術の惑星にあるホテルの部屋のように、部屋も設備も最適化でき、重量級の宿泊客に合わせて自動調整されたから。そのあと、タクシー・グライダーで宇宙船にもどり、いくつかの品を運びだした。マイクロ機器と、さまざまな惑星の骨董品を質屋に持ちこむと、二万ガフィが手に入った。かれらの評価額を大きく下まわる額だったが、売ろうとしても売れなかったので、とにかく現金を手にできたことを喜んだ。

ホテルでスイン・ガー・ルルがいないかたずねると、かれは四日間の出張にでたという。パンタロンも見あたらないので、同行させたようだ。ハルト人たちにとっては都合がよかった。まだ、かれを買いもどさずにすみ、金を温存できる。

イホ・トロトとドモ・ソクラトはまず、都市の中心部を見てまわることにした。ハルト人の居場所に関する情報を入手する契約を結んでくれる情報商人は見つかるか、その可能性を探るためだ。

とくに契約相手の条件とするのは、くだんの情報をすくなくとも五十パーセントの確率で入手できる能力を持つことだ。

ハルト人たちはすでに街の中心にいたのでグライダーは使わず、林立する摩天楼の谷間を徒歩で移動した。

現地の住民はベルトコンベア式の動く歩道を利用していたが、かれらは利用を控えた。そのほかにも損害をもたらしそうなものは、すべて避けた。豊富な経験から熟知していたから……低重量の知性体が住む低重力惑星で、自分たちがなにをすべきで、なにをすべきでないか、ということを。

キランドップの中心部は清潔で安全だった。高層ビルの金めっきをほどこした外壁にはカラフルなネオンサインが光り輝き、ゴミが散らばることもなく、浮浪者や怪しい人影も見あたらない。

ゴリムがいっていたとおり、ゼックの住民は……すくなくとも街なかでは……多数の異なる種族で構成されていた。明らかにテフローダーの血を引く知性体を目にする一方、スイン・ガー・ルルが属する種族の者もいた。のちにトロトとソクラトは、それがガマリという種族だと知った。

そこにはギャラクティカーもいた……さらにヒューマノイドだけでなく、トプシダーやシェボパル人のほか、レムール人系ではない種族も見受けられた。

もちろん、ここのギャラクティカーたちは銀河系からきたわけではない。封鎖前に銀河系を離れた祖先を持つ両親から、アンドロメダで生まれた子供たちだ。

それでもトロトとソクラトは、この知性体にまず話しかけた……アンドロメダでのハルト人のあらたな故郷について、なにか知っているのでは、という期待を胸にして。だが、その期待は非現実的だとわかった。話しかけた相手はだれひとり、それを知らなかった。そもそも、ハルト人の存在すら知らず、ふたりの外見を見て啞然とするほどだった。三名だけは両親から伝説としてハルト人の話を聞いていた。だが、かれらは両親ともども、それを現実離れした作り話だとみなしていた。

シェボパルナム・ゾルガテヴという名のシェボパル人男性が、しばらくのあいだ、かれらに合流することになった。男は自分をシェズと呼んでくれといい、街の名所を紹介すると、トロトらを高層ビル内にあるいくつかのちいさな広場に案内した。そこは一日に一度、なんらかの取引をしたいあらゆるゼックの住民が集まる場所だった。だが、すでにその日の取引時間はすぎていたため、商談は翌日に持ちこしとなった。

かわりにシェズはかれらに、ゼック最大の見どころと称するものを紹介した。それは街の中心地点に立つ、巨大なエメラルドグリーンのモノリスだった。

「これはベンダルカンドと呼ばれている」モノリスの基部を囲むフェンスの前までくると、かれは説明をはじめた。「古い言葉で、テフローダー語とガマリ語の混成言語。二千年ほど前、ゼックにまだテフローダーとガマリが同じ割合で住んでいたころの言葉だ」

「だからわたしには訳せないんだ」トロトがいった。

シェズがそれを、テフローダー語だけに訳した。

「聖なる石」ソクラトがインターコスモでいった。「迷信は二千年以上も前になくなったと思っていたが」

シェズはヤギが鳴くような声で笑った。

「迷信はけっして消えることはない」かれはいった。「わが種族の者が数百年前、テラナーの故郷惑星に着陸したときのことだ。テラナーは唯物論的な考えを持つと考えられていたのに、シェボパル人を冥府の王で神の敵だとして、悪魔扱いしたんだ」

イホ・トロトは思わず、轟くような笑い声をあげてしまった。その声に、かれの周囲数百メートルにいた歩行者がパニックになり、あとずさった。

トロトはしまったと後悔したが、気をとりなおしてシェボパル人に説明した。

「すまない、シェズ。その話はわたしも知っているが、聞くたびについ笑ってしまうんだ。じつは、その背景は四千年前にさかのぼる。当時、テラナーはほんとうにまだ悪魔を信じていたんだ。きみたちの祖先がテラにはじめて着陸するはるか前から、民間信仰や宗教で悪魔やサタンが語られてきた。その悪魔は造形芸術で、角と尾、ヤギの脚を持つ半人半獣として表現されたんだ。それがきみたちにそっくりだったことが、ご先祖には災難だった」

「でも、どうしてだ？」シェズがたずねた。「テラナーはシェボパル人をまだ知らなかったのに、どうやってわれわれの姿を描写できたんだ？」

こんどはソクラトがふきだした……それをとめようとして、左足で地面を強く踏んだため、厚さ二十センチメートルもあるテルコニット製の床板が破壊された。

歩行者が、こんどはいっせいにその場から逃げだした。

かわりに武装した装甲グライダーが二機あらわれ、ガマリとテフローダーの治安維持隊員が二十名、降りてきた。パラトロン・バリア・プロジェクターと麻酔ビームをたずさえている。

かれらは防御バリアを作動させ、ハルト人とその同行者を包囲した。

グライダーのスピーカーから、広場に声が響いてきた。〝聖域の冒瀆者〟に告ぐ、降伏してパニック音放射器を引き渡せ、と。

トロトとソクラトは半時間ほどかけて、パニック音放射器など持っていないこと、かれらの笑い声の音量はハルト人にとってはふつうであることを、治安維持隊員に理解してもらった。

それでもかれらは、惑星の治安を乱す者として追放を命じられてしまった。

そのとき、シェズが割って入り、慎重に言葉を選んで治安維持隊員に説明した。イホ

・トロトとドモ・ソクラトは敬虔な巡礼者で、ゼックにきたおもな目的は、ベンダルカンドの陰で瞑想し、天啓を授かるため。巡礼者を礼拝の場から追いはらうことは、無慈悲であるだけでなく、ゼックの住民に対して重大な罪を犯すことになる。なぜなら、かれらにはこの敬虔な信者を通じて啓示にあずかり、この信者の口から、将来に起こる避けられない出来ごとの予言を聞く権利がある。その予言は、天の導きのあらわれだからだ、と。

この説明に治安維持隊員らはあまりに感動した結果、ハルト人たちにこの惑星を離れず、ベンダルカンドの陰でできるかぎり長く瞑想してほしいと懇願したのだった。

「二日後にきみたちを訪ねるぞ」隊のリーダーが別れぎわにささやいた。「きっとそれまでに、わたしがゼック政府の第三百四十一代執行官になるためになにをすべきか、天啓を受けていることだろう。わたしの名はシルバー・トシュ。紋章動物は一角獣だ。忘れるな！　わたしの一族は太古からつづくテフローダーの家系だ」

「忘れるものか」トロトは請けあった。

治安維持隊員が引きあげると、かれはシェボパル人に向かってがなりたてた。

「とんだことをしてくれたな、詐欺師の王様め！　悪魔がとうとう乗りうつったか？」

トロトはすっかり困惑し、非難する。「いまやわれわれはゼックの予言者だ……それも〝天啓〟とのハイパーカム通信つきの」

「きみたちを追放から守るには、それしかなかったんだ」シェズが断言する。「追放されてみろ！　きみたちの種族の居場所は、永遠につかめないかもしれないんだぞ！」

「それはそうかもしれないが」とソクラト。「情報商人に訊きまわるかわりに、すくなくとも二日間はモノリスの陰で瞑想しなきゃならなくなったな」

「わかってないな。きみたちはもう、情報商人のところにいく必要がなくなったんだよ」シェボパル人が応じた。「ベンダルカンドで天啓を授かる巡礼者の話は、たちまち街じゅうにひろまるさ。あすからは、きみたちが情報商人のところにいかなくても、あっちからくるようになる」

「ちきしょうめ！」トロトが叫んだ。「この角男のいうとおりだ、ソクラト。まったく、おそろしく知恵がまわるやつだ。サタンですら、かれからまだ学べるだろう」

ソクラトは驚いてふたりの顔を見くらべ、ようやくパートナーの言葉にこめられた意味がわかった。

トロトは全力で口をふさがなければならなかった。また大声で笑いだし、その音波で聖なるモノリスを倒壊させないようにするために。

＊

翌日、イホ・トロトは定時に目ざめると、いつものようにすぐにベッドから転がりでず、あおむけに寝たまま、夜に見た夢の余韻にひたっていた。いい夢だった。衝動洗濯の夢だ。そのなかで、かれは最高の充実感とリラックスを味わったのだった。

満足そうに伸びをして、軽く数回、跳びはねた。すると、ベッドのずっしり重い緩衝装置が激しく振動。フレームのメタルプラスティック製支持部がひん曲がり、床材の厚さ二十五センチメートルものテルコニット・ハニカムパネルがきしみ、割れる音が響きわたった。

その音で突然、たたき起こされたドモ・ソクラトは、ベッドから転がり落ち、床にバスタブのようなくぼみをこしらえた。

「ばかか！」トロトはホテルが揺れるのを感じつつ、かれに向かって叫んだ。

ドモ・ソクラトはくぼみから這いだして立ちあがり、怒りに燃える目であたりを見まわした。

「なにかがわたしを、人生でもっとも美しい夢から引きはなしたんだ！」かれはうなり、悲しそうにつづけた。「夢でわたしはまた深淵の地にくだり、ふたたびアトランのオービターになった……そしてかれとともに衝動洗濯をしたんだ。スタルセンで。それはもう猛烈だった」

かれは怒りで歯ぎしりする。

「そして、クライマックスの直前でなにかに起こされた……すると夢は消えたんだ。ひどいじゃないか！」

トロトはパートナーに同情したが、かれをこのまま悲観させておくわけにはいかず、こういった。

「しっかりしろ、ソクラト！　そんないい夢を見られてよかったじゃないか。次の夢でつづきを最後まで体験できるかもしれないし。ところで、わたしも衝動洗濯の夢を見たんだ……最後はカンタロの故郷惑星にいて、悪党どもを踏みつぶしてやった。いい気分だったぞ！」

ソクラトはうらやましそうに目をぐるりと動かすと、浴室にいった。トロトはかれが歩きまわったのち、いわゆるシャワーの音が轟くのを聞いた。栓をひねると、まるで高圧サンドブラストのように、水と混合した鋼球が肌に投射されるのだ。この部屋を数分で大重量の客人向けに改造したポジトロニクスは、こうした入浴方法がハルト人にはふつうだと信じていたようだ。それは正しくなかったが、気持ちよさそうだとトロトは感じ、寝る前にためしてみたのだった。

ソクラトがシャワーを浴び終わり、次はトロトの番だ。その後、ふたりは持参した食糧で特製の朝食をとった。

ちょうど食べ終わるころ、シェズがホテルのインターカムでかれらを呼びだし、ベンダルカンドまで同行してもいいかたずねた。かれが嘘つきの烙印を押されるのを避けたければ、トロトたちはそこで瞑想するほかない。

「すぐにいく」トロトは無愛想にいった。「だが、今日はもう、作り話をでっちあげないでくれよ！　瞑想だけで充分だ。バレリーナみたいなまねは、できればごめんこうむりたいね」

「バレリーナ？」シェボパル人がぽかんとしてくりかえす。

ソクラトがかれに説明した。

それを聞いたシェズは、笑いをとめるのに、医療ロボットの世話になるはめになった。

「わたしがチュチュで跳ねまわるのを想像したのか？　おもしろくもなんともないが」

笑い疲れた角男とともにホテルを出ると、トロトはいった。

「いや、おもしろい」シェズが応じた。「想像したら、愉快な夢と同じくらいおかしかったよ」

その言葉にトロトは、かれが最後に見た衝動洗濯の夢を思い出した。だが、かれは湧きあがる感情を厳然とおさえ、ゼックで使命を果たすことを考えるよう自分に強いた。

かれはドーム形の頭を左右に回転させ、有柄眼を伸ばして周囲を見まわした。そして、前日ほどゼックの住民が街に出ていないことに気づいた。

「契約を結ぶために、もう高層ビル内の広場に集まっているのかも」かれは声に出して考えた。

「まだ時間が早すぎるんだ」シェズが否定する。「取引所は昼にならないと、いっぱいにならない。例外なくだ。ここの住民は規則正しい生活をしているから」

イホ・トロトはかれのいうことを信じたが、それでもかれとソクラトに、取引所のひとつを見せてほしいとたのんだ。シェボパル人は要望をのみ、二名を連れて噴水のあるちいさな庭を通りぬけ、高層ビルのひとつに案内した。ビルはどれも形からするとベンダルカンドを模したものだが、外観がエメラルドグリーンではなく、金色に輝いている点で、モノリスとは異なっていた。それに高さも、聖なる石ほど高くはない。

ビルの内部を見て、二名のハルト人はいい意味で驚いた。簡素で事務的なホールと思いきや、目眩のするほど高さのある、明るいアトリウムが目の前にひろがった。サーモンピンクの大理石と鏡でできた壁に沿って、透明なリフトが音もなく上下する。あいたスペースには花の咲いた植物の鉢植えが置かれ、人工池で噴水が水音をたて、自然石の上を流れる小川まであった。

「夢のような美しさだ」とドモ・ソクラト。

「夢の実現だ」シェズがうっとりしていった。

かれらはしばらく中庭に滞在した。シェボパル人が予想したとおり、商談はできなかった。ゼックの住民が数名、ぶらついていたが、それはアトリウムの美しさを楽しむ散歩客だった。

そこで三名の知性体はその場を離れ、街の中心地点に向かって歩きだした。

モノリスがそびえ立つ広場にかれらが到着する前から、なにかの音が聞こえてきた。最初は海の波が砕け散るような音に聞こえたが、現場に到着してわかった。それは広場に集まった、見当もつかない数のゼックの住民たちが騒々しく会話する音だった。

「集会だ」ソクラトは予想し、演説台を探す。かれの知るギャラクティカーの慣習を、ゼックの住民にもあてはめたのだ。

トロトは集会とは思わなかった。ぼんやりと予感はあった……その予感は、かれと同行者が広場に歩みでたとたん、裏づけられた。

かれらの周辺五十メートルの会話がぴたりとやんだ。住民たちが新参者のほうを向き、無数の目がかれらを凝視する。その直後、住民はあとずさりはじめ、中央に通り道が開けていった。

その道がモノリスのフェンスまで通じると、そこに直径十メートルほどの反重力プラットフォームがあるのが目に入った。おそらく本来は重い荷物の運搬に使用されるものだ。

今回、その目的はべつにあるはず。中央に据えつけられた装甲トロプロン製の椅子二脚に加え、プラットフォーム全体にちりばめられた花々、どっしりした椅子のあいだに置かれた、通信コンソールを備えるアーチ状の制御デスク……これらを見れば、目的は明らかだった。

「すごいじゃないか！」シェズが両ハルト人にいった。「すべてきみのために用意してくれたんだ！」

「そうだな」トロトはそっけなく応じた。「すばらしいサービスだ」

そのうち、広場全体が静まりかえった。トロトとソクラトがシェボパル人を伴ってプラットフォームに足を踏み入れると、ふたたびどよめきが起きた。だが、今回は喝采だった。ゼックの住民はあき缶をたたいて拍手にかえる。

ハルト人が観衆に手を振って挨拶し、椅子に身をあずけると、音がやんだ。

シェズは困ったようすで、角のあいだの白髪がまじった〝ヤギ毛皮〟を掻きながらいった。

「みんな、なにかいうのを待っているんだ、トロトとソクラト。たのむ、みんなをがっかりさせないでくれ！　通信台を使え！」

「あとでその毛を丸刈りにしてやる！」トロトはささやいた……このときはほんとうに小声で。

「冗談につきあっている場合じゃない……わたしの立場では」シェズも小声で応じた。

「わたしもそれはお勧めしない」トロトは憂鬱そうにいった。

かれはふたたび立ちあがると、通信コンソールの拡声器を作動させ、拡声器が必要ないほどの大声で語りはじめた。

「親愛なるゼックの住民のみなさん、ご歓待と友好に感謝します。パートナーのソクラトとわたし、トロトは神の啓示を授かるため、これから深い瞑想に入ります。すこし時間がかかるが、ご辛抱いただきたい。そのあいだに、みなさまにお願いしたいことがあります。

パートナーとわたしはわれらの種族、ハルト人のあらたな故郷惑星を探しています。その惑星は、ここゼックと同じ銀河にあるのです。残念ながら、その惑星についてわれわれが知っているのは、それだけ……アンドロメダ銀河は広大です。

しかし、みなさんの惑星では情報が大規模に取引されています。したがって、あらゆる種類の情報獲得を専門とし、そのための情報網を銀河全体にお持ちのかたが、ここにはたくさんいらっしゃるはず。

そうした情報商人のかたがたが、瞑想後に契約の申し出をしてくださるなら、われわれは喜んでお受けします。もちろん、情報の提供にはそれなりの額をお支払いします。

ご清聴ありがとうございました」

かれは拡声器を切ってすわった。

トロトは内心、観衆が根負けして解散するまで、何時間も動かずに同じ姿勢でいないといけないと覚悟していた。

だが、かれはいい意味で期待を裏切られることとなった。かれが椅子にすわったとたん、観衆は動き出した……二十分後には、ベンダルカンドの広場に残っているのは、ソクラトとシェズとかれだけになったから。

「それじゃあ、われわれもいくとするか」ドモ・ソクラトはいい、ゆっくり立ちあがった。

その瞬間、通信コンソールのヴィジフォンの通知音が鳴った。

トロトが機器をオンにする。スクリーンが明るくなり、ひとりのヒューマノイドの姿があらわれた。テフローダーかテラナーのように見える。

かれはほほえみ、話しはじめた。

「わたしはハケム・ミナルボといい、情報商人です。あなたはハルト人のひとりですか？」

「そうだ」イホ・トロトがいった。「わたしの名はトロトだ」かれは撮影装置をずらして、パートナーがうつるようにした。この商人は名前からテフローダーだとわかった。

ハケム・ミナルボという名はテフローダーに典型的な名前だったから。

「パートナーの名はソクラトだ」

「お知り合いになれてうれしいです」とミナルボ。

イホ・トロトはテフローダーの姿をじっと見た。どことなく気になる点があるのだが、それがなんだかわからない。

「なにか用件でも？」かれはたずねた。

テフローダーの姿がほんのかすかに揺れた。するとミナルボはいった。

「あなたとパートナーが天の啓示を授かり、あなたたちの種族がアンドロメダのどこにいるかわかりますよう、願っております」

淡々とした冷静な声だった。それでもトロトは、このテフローダーが自分をからかっているのではないかと疑いはじめた。

どう対応するか決めかねていると、ハケム・ミナルボがこうつづけた。

「万一、天のご加護を受けられなかったときは、わたしにご相談ください。例の情報に関する契約を結ぶ用意がありますので」

「それは助かる。ご厚意に感謝を申し上げる」トロトはいった。

「それにはおよびません」とミナルボ。「わたしがほしいのは感謝ではなく、あなたがたの金です」

「その点はおそらく問題ない」トロトは確信を持っていった。自分たちの手もとにはすくなくとも二万ガフィはある。「どのくらいをお考えか？」

テフローダーは静かに笑い、答えた。

「〝どのくらい〟とは考えておりません。固定価格で、交渉には応じかねます」

「いってみろ！」トロトがうながす。

「十八億ガフィです」とミナルボ。

ハルト人は絶句した。

しばらくしてミナルボがつけ加えた。

「もちろん、お支払いは契約締結時ではなく、情報を入手した時点で、ただちに全額お支払いいただきます。ただし、情報を得るための活動にはコストが発生することをご理解ください。成否に関係なく、二十パーセントを手数料として申し受けます」

トロトは黙ったままだ。

ソクラトがなにかいいたそうなのに気づくと、かれは手で制止した。テフローダーの申し出に返事をする前に、じっくり考えたかったから。それに、厚かましい要求への衝動的な怒りに駆られ、かれの種族を探しだす唯一のチャンスを棒に振ることは、なんとしても避けたかった。

十八億ガフィは法外な額だ。だが、イホ・トロト、おまえはわが種族を見つけるためならすべてをささげ、どんな犠牲もいとわないはずではなかったか？

そう考えると、十八億ガフィは自分にとって高すぎる額とはいえない。なにより、全額を支払うのはわが種族の居場所がわかってからだ。ハケム・ミナルボとの契約の締結時には、〝たったの〟二十パーセント、つまり三億六千万ガフィをはらえばいい。

だが、二万ガフィをかきあつめるのにも、あれだけ苦労したのだ。三億六千万ガフィはとても調達できる額ではない。

「さあ、どうします？」テフローダーがたずねた。

「了承した」イホ・トロトはいった……その瞬間、かれのパートナーが歯ぎしりする音が聞こえた。それはまるで、金属スクラップを圧縮するような音だった。「だが、いくつか準備をするのに時間が必要だ。準備が整ったら、どこにどう連絡したらいいか？」

「かんたんです」とミナルボ。「あなたがたのオービターがいま、そちらに向かっています。かれがわたしの連絡先を知っている……それに、かれはあなたたちが手数料を調達する助けになるかもしれません。ではまたのちほど」

スクリーンが消え、接続が切れた。

「とんだぼったくり野郎だ！」ソクラトがののしった。「われわれにそんなまねは通用しないと、なんでいってやらなかったんだ？」

「なぜって、わたしはつねに礼儀正しくあろうと努めているから」とトロト。

「礼儀だと！　あんな常軌を逸した要求をするやつに！」ソクラトがうなる。「わたしなら一蹴（いっしゅう）してやるのに。とにかく、いまやゼックじゅうの住民が、われわれがなにを求めているかを知っている。数時間後には申し出が次々と舞いこんで、われわれは困っていることだろう……そうなれば、価格はどんどんさがるさ」

「わたしもそう思うな」シェズはいった。「では、しばらく失礼させてもらうよ」

「それじゃあ、われわれは瞑想するとしよう！」と、ソクラト。

「きみにたのむよ」トロトがいう。「そのあいだに、わたしはパンタロンの帰還に対する心の準備をしないと。あいつはこれまで以上にひどく、われわれの神経を逆なでしそうだから」

5

一時間後、ドモ・ソクラトは瞑想をやめて目を開けた。頭を回転させ、パートナーを横目で見る。

「パンタロンはまだ着いていないのか？」かれがたずねた。

「まだだ」とイホ・トロト。

「一時間前にここに向かっていたなら、もう到着しているはずだが」

「徒歩でなければな」

「徒歩？　だとしたら相当のばかだが」ソクラトがいう。「かれのハイパー・インポトロニクスに多少、不具合があるのは知っているが、飛べるのに歩くほど、かれはばかじゃないさ」

「頭のネジがゆるんでいるやつは予測がつかないぞ……あのポスビがまさにそうだ」

「テラナーみたいな言いまわしだな」とソクラト。

「テラナーみたいによくできてるだろ」トロトが応じた。

だが、軽口もそこまで。すぐにかれはパンタロンのことを真剣に心配しはじめた。ポスビがハケム・ミナルボの連絡先を聞いているなら、ミナルボと接触していたはず。かれはあの情報商人に操られているかもしれない。

トロトは決意した。これ以上、待っていられない。ミニカムを作動させると、呼びかけのシグナル・インパルスを発信した。

一分間にわたって発信しつづけたが、ポスビからの応答はなかった。ただし、かれの場合は、だからといって操られているとはかぎらない。パンタロンはポスビに期待されるような反応をしめさないことがよくあったから。

「あのポスビを連れてくるんじゃなかったな」ソクラトがいった。「そうすれば四六時中、あいつにいらいらさせられることもなかったのに」

トロトは返事をしなかった。ソクラトが正しいことはわかっていた。パンタロンはつねにお荷物で、それは今後もきっと変わらない。

かれはやり方を変えることにした。かれの船のコンピュータがよく知る呼びかけ信号を発信した。

発信とほぼ同時にアームバンド・テレカムの小型スクリーンが点灯し、タラヴァトスのコミュニケーション・シンボルが表示された。

「ということは、わたしはまだ完全なお払い箱ではなかったんですね」コンピュータ結合体がうなった。「もう売却されたと思っていました」

「売却？」トロトは唖然としてくりかえす。「わたしがきみを？　なんでそんなばかなことを思いついた？」

「ばかなことじゃありません。そう思って当然でしょう。あなたはわたしを貸しはじめたんですから」

「わたしはきみを貸したりしていないぞ！」トロトは立腹してどなった。そして驚いた。このコンピュータはおそろしく狡猾で生意気だが、うそをついたことはなかったから。

「なぜ、そんなうそを？」かれは静かな声でたずねた。

「まだ訊くんですか？」コンピュータが応じた。「あなたのオービターとあの〝レッドホース〟を、わたしのところに送りましたよね。チッカまでレッドホースを飛行させるために」

ハルト人は本日、二度めの絶句をした。

コンピュータと同じような速度で、同じように論理的に働く計画脳を持つかれは、事実関係と船載コンピュータの言葉から、すぐに事態を見きわめた……だれかが《ハルタ》に侵入してこの船を自己の目的で利用するため、ポスビを悪用したのだ。それは可能だった。なぜなら、パンタロンはいつでも船に立ち入り、船を使う権限があったから。さらに、そのために必要なコード・インパルスを放射することができた。つまり、ポスビはみずからの持つ、トロトとソクラトとの部分的な対等性を、権限のない者のために悪用したことになる。ポスビがそんなばかなことをするとは、トロトには思いもよらなかった。

トロトは、タラヴァトスのいう〝レッドホース〟がだれを指すのかも、すぐに察した。それは、ほとんど伝説と化した《クレストII》の将校、ドン・レッドホース……ではない。かれの知名度はたしかに、その死から数百年たってもまだ衰えてはいない。すくなくとも不死者のあいだでは。

だが、あのレッドホースのことではない。ゼックには、その外見からレッドホース、すなわち赤い馬というニックネームにふさわしい男がいる。スイン・ガー・ルルだ。あのガマリはパンタロンを、ホテルの部屋代がわりに働かせるため、借りだしていた。

イホ・トロトは自分があのとき、ガマリがポスビにやらせる仕事を、〝だれにもできない仕事かも〟といったことを思い出した。だが、トロトはその仕事が《ハルタ》を悪用することだとは、夢にも思っていなかった。

かれの心の目の前に、赤い肌で細い顔をした、馬のような歯と黄色の髪を持つヒューマノイドの姿が浮かぶ……そして気づいた。自分はこの男を見くびっていた。そのいかにも異星風の外見があたえる印象から、無害だと思いこんでしまったのだ。

「かれはわれわれをだましたんだ」かれはソクラトにいった。

トロトはまたミニカムのスクリーンに目をやり、たずねた。

「レッドホースはなんでチッカにいきたがったんだ、タラヴァトス？」

「わかりません、トロトス」コンピュータは答えた。「わたしは船を、深い渓谷に近い高原に着陸させせました。レッドホースは船を降り、ジャングルに姿を消した。一時間半後にもどってきて、われわれはまたスタートしたんです」

「かれはチッカでなにかをとってきたか？」トロトがたずねる。

「わたしは知りません。でも、かれはそこになにかを残しています。ゼックで船に乗るとき、かれはかさばるリュックサックを背負っていました。チッカで船を降りるときも背負っていたのに、もどったときにはなかったので」

「妙だな！」とトロト。「わたしはかれがチッカから薬物を運んでいると疑っていた。チッカ＝シュガーの話をかれから聞いていたので……それはかれによれば〝危険な禁止薬物〟だとか。その名前から、チッカからゼックに密輸されていると思ったんだ」

「チッカ＝シュガー」タラヴァトスがくりかえした。「それはどんな物質ですか？」

「結晶質の物質だ」とトロト。「化学組成は知らないが、見た目はホワルゴニウムの結晶のようだ。だからレッドホースは、われわれが見せたホワルゴニウムをチッカ＝シュガーだと思いこんだ」考えこみながら、かれはつけ加えた。「かれが結晶を見たときの反応は尋常じゃなかった。ひどく動揺して、ほとんどヒステリー状態。そしてだれかに連絡しようとしたんだ。かれはなんらかの形でチッカ＝シュガーにかかわっているにちがいない」

「かれは麻薬商人だと？」コンピュータ結合体がたずねた。

「まだ、そこまで具体的には」とハルト人。「パンタロンの話にもどろう！　かれはゼックに着陸したあと、どうしたんだ？」

「レッドホースといっしょに船を降りました」とタラヴァトス。

「かれを探知装置で監視しなかったのか？」トロトがたずねる。

「なぜわたしが？　そんな依頼は受けていないし、自分から進んでそうする理由もありません」

「残念だな」とトロト。「かれはそのあと、どこかの時点で、われわれと契約をしたいという情報商人と接触している……それ以降、ポスビは行方不明なんだ。最短の道を選んでいれば、かれはとっくにここに着いているはずだから」

タラヴァトスがなにも反応しないので、トロトは待ちきれず、こういった。

「だから、きみに探知装置でかれの居場所を特定してほしいんだよ！　まったくきみときたら、自分勝手な行動をしたと思えば、こんどはわたしがきみになにをしてほしいかを察する気もない」

「こんどは察するもなにも……」コンピュータ結合体は心外そうに応じた。「パンタロンはあなたやソクラトと同じ場所にいるんですから」

トロトは飛びあがった……そして、やはり飛びあがったソクラトと、あやうく衝突しそうになった。

両ハルト人は頭を左右に回転させ、赤く光る有柄眼をできるかぎり伸ばした。

「ポスビが見えるか？」三十秒後にトロトが訊いた。

「わたしには見えない」ソクラトが答えた。「きみは？」

「見えてりゃ訊くか！」とトロト。「タラヴァトス、ここにパンタロンはいないぞ！」

「わたしはかれを完璧に探知していますよ」コンピュータはいった。「見落としようがありません。かれのポジトロニクスの細胞プラズマ・パーツは、並はずれて強い脳波インパルスを放出しているので」

「本人にまちがいないか？」

「もちろんです、トロトス。われわれは探知するために、脳波インパルスを精確に特定します。パンタロンの細胞プラズマ・パーツから放出される脳波インパルスは、ほかのものとはきわだった相違があるので、どんなにおびただしいインパルスのなかでも見まちがいようがありません」

それをトロトは知っていたが、次の質問の前に確認しておきたかったのだ。

「並はずれて強い脳波インパルスといったな、タラヴァトス。平均値と比べたら何パーセント、上まわっている？　その原因はなんだ？　興奮なのか、強い精神的ストレスか、ほかのなにかか？」

「それは断定できません」コンピュータは答えた。「興奮や、激しい精神活動が考えられますが、はっきりしません。それに関する脳波インパルスの解析基準に、ポスビのバイオポン・ブロックの接続によって歪みが生じているから。わたしが確認できるのは、強度の平均値を七十パーセント、上まわっているという事実だけです」

「非常に高い数値だな」トロトが心配そうにいう。かれは考えこみながら、エメラルド色に輝くモノリスを見あげた。「そもそもなぜ、この物体はなにも放出していないんだ？　聖なる石だと！　住民が理由もなくこんな石をあがめるはずはない！　とにかく、みなわれわれを信じ、われわれがベンダルカンドで瞑想すれば、天啓を授かるだろうと信じている。もしかれら、あるいはかれらの祖先が一度も、この物体の不思議な力を信じる理由を持たなかったとしたら、ゼックの住民のような知性体がそんなことを信じるだろうか」

「それはどういう意味です、トロトス？」コンピュータはいった。「探知装置はなんのプシオン放射も検知していませんよ！」

「そんなつもりでいったんじゃないんだ」とトロト。「わたしはただ、探知技術によるパンタロンの脳波インパルスの測定は、ベンダルカンドのなんらかの特性によって、歪められているのではないか、と考えていただけだ。だから、きみはあの〝ボケナス〟がソクラトとわたしの横にいるというが、じつはべつのところにいるんじゃないか、と」

「ボケナス？」タラヴァトスがくりかえす。

「きみのテラの表現のレパートリーは、きみがわたしにいつも信じこませようとするほど、立派じゃないな」トロトは嘲笑した。「ボケナスとは、テラナーのあいだでは、頭のネジがゆるんだ人って意味だ……パンタロンの場合はネジがゆるんでいるどころか、数本はずれているが」

かれはミニカムの接続を切り、いまにもモノリスを揺らす勢いでふきだしそうな、パートナーの口をふさいだ。

「頼むから住民に配慮してくれよ！」かれは諭す。「じゃあ、反重力装置を起動してついてこい！」

かれ自身も反重力装置を作動させてスタートし、大きな弧を描きながら、モノリスのまわりを飛びはじめた。

するとかれをそこに見つけたのだ！

パンタロンがキランドップの中央広場の反対側に、ひとりぼっちで立っていた。その凍りついたような姿勢はイホ・トロトに、古代のテラの神話に登場する巨人族のレリーフを思わせた。からだをねじ曲げ、アームを伸ばし、まるで架空の岩石をベンダルカンドの上へ向けて投げようとしているかに見えた。

＊

イホ・トロトはポスビの目の前におりたった。ドモ・ソクラトもかれにつづく。ソクラトがパンタロンを殴ろうとすると、トロトは作業アームを持ちあげて、それを制した。「暴力はなしだ！」かれは注意した。「ポスビは二百の太陽の星でクロノフォシルが活性化してから、ひどく敏感になっていることを忘れるな！」

トロトが突然、思いやりを見せたことをソクラトは不審に感じ、かれをいぶかしげに見たが、なにもいわなかった。

だが、トロトは自分がなぜ急にそんな態度をとったのか、よくわかっていた。かれはパンタロンが精神的ショックを受けており、かれが厳しく対応すればするほど、どんどん深く引きこもってしまうと思ったのだ。やさしく思いやりあるはげましだけが、かれをそこから脱出させることができる。

「心配するな、わがオービター」かれはできるだけ小声でしかし、力強く説いた。「きみがなにを気にしているか、わたしにはよくわかる」もちろん、かれはちっともわかっていなかった。だが、あえてそういったのは、ポスビの心を動かし、よく考えさせるためだ。

「わたしはなにもかもよく理解している。なぜなら、わたしはきみの騎士だから。きみをかならず助ける。信じていいぞ。ソクラトもきみの味方だ。ただ、どうすればきみを助けられるのか、いってほしい……それも、いますぐに。なぜなら、われわれはいま、とても厄介な状況にあり、きみの助けがなければ、そこから抜けだせないから。端的にいえば、きみがこのショックから立ちなおれず、全力を投入して助けてくれなければ、ソクラトとわたしは命がない」

悲痛なむせび泣くような音が、パンタロンのヴォコーダーから聞こえてきた。イホ・トロトはあまりに感動して情にほだされそうになる。

ところが、この感動はたちまち消え去った。パンタロンが発した感情をヴォコーダーがようやく正しく再合成し、上機嫌なポスビに典型的な、甲高い笑い声を再生したからだ。

イホ・トロトは威嚇の姿勢をとった。

「できそこないのロボットめ！」かれは憤慨してどなった。「よくもからかってくれたな！　きみのためにあらんかぎりの力を注ごうとする、きみの騎士である、このわたしを！」

パンタロンの笑い声がぴたりととまった。二歩、あとずさると、懇願するように叫んだ。

「あなたをからかったりしていません、わが騎士よ！　わたしが笑ったのは、ゼックとチッカで次々起きた奇妙な事態、つまり、わたしがアルク星系の王になったいきさつです……それから、わたしが気にすることを、あなたがわかっているといったことも。だって、あなたはちっとも知るわけないのに」

「とうとう、完全におかしくなったぞ」ソクラトがいった。「すぐにでもスクラップにしないと、かれのせいで、われわれのミッションはおじゃんになる」

パンタロンは非難するように三本のアームでソクラトを指し、叫んだ。

「かれは天啓の力を冒瀆しました、わが騎士よ！」

「おちつけ！」激怒しかけたソクラトを、トロトがたしなめた。そしてポスビに振りかえる。「わたしの前で天啓を持ちだすな、〝アルク星系の王〟さんよ！　わたしとパートナーの神経をこれ以上、逆なでしないでくれ。それより、たしかな事実を教えろ」かれはモノリスを指ししめす。「これがきみの細胞プラズマ・パーツになにをした？　さあ、いえ！」

「どこからそれを……？」ポスビの言葉がつかえる。

「ハルト人はご存じのとおり、きわめて抽象的かつ論理的な思考を可能とする、計画脳を備えているからな」トロトは軽い皮肉をこめて答えた。「きみの説明を聞きたい……まず、ベンダルカンドがどれだけ知的か教えてくれ」

「どれだけ〝知的〟……？」ポスビはくりかえし、また笑いだした。ハルト人よりも繊細な知性体なら、鳥肌がたちそうな声で。すると、まじめな説明をはじめた。「ベンダルカンドは結晶で、知性はアメーバくらい……あるいは、それ以下です。アメーバは行動し、かつ反応しますが、モノリスは反応しかできないので。厳密にいうと、モノリスの結晶格子(こうし)は、外部から作用するかなり弱い振動にも、高感度で反応する。そのため、わたしのプラズマのもっとも弱い細胞振動、いわゆる脳波インパルスにすら反応し、共鳴が励起されるんです……それも強い共鳴が」

「すると、モノリスは共鳴体というわけか」ソクラトが興奮して口をはさんだ。

「細胞振動共鳴体です」パンタロンがより明確に表現した。

「だから、わたしの船の探知装置が検知したきみの脳波インパルスが、並はずれて強かったんだな、パンタロン」トロトがいう。「実際には、きみの細胞振動と、共鳴体〝サウンディ〟の格子振動だった」

「そのとおりです」とポスビ。

「サウンディ？」ソクラトがたずねた。

「わたしの騎士は、アングロ・テラン語のディスク名を思いだし、モノリスのあらたな名前にしたようです」パンタロンは指摘し、トロトに向かっていった。「〝アトラン・サウンズ・ザ・チャージ〟……〝アトラン、進軍ラッパを鳴らして突撃する〟ですね？」

「これは驚いた。きみの一般教養はたいしたもんだな」とハルト人。「そのとおりだ、オービター。だが、話を進めろ！　きみにはまだいくつか、説明することがあるはず。サウンディの共鳴はたしかに興味深い現象だが、それだけできみが、みずからを恐れおおくもアルク星系の王と名乗るほど、狂気じみた言動におよんだとは思えない。わたしの推測だが、その共鳴そのものが、きみのプラズマ・パーツの細胞構造のさらなる共鳴を励起しているのでは」

「そのとおりですが、わたしはその〝フィードバック共鳴〟の強度を意図的に制御できるんです」とパンタロン。「そのとき、気づきました。サウンディはわたしの細胞プラズマだけでなく、ゼックの住民の脳波インパルスによっても共鳴することに……ただし、ふたつ制限があります。まず、デルタ波、つまり深い睡眠中に発生する脳波インパルスにしか反応しない。さらに、それは弱いため、通常ならフィードバック共鳴を引き起こしません」

「通常なら、か」トロトがくりかえした。「ならば、それでもときにフィードバック共鳴を引き起こす例外があるということだな。その例外とは？　ああ、そうか！　きみがその例外だ、パンタ。きみがサウンディの格子振動を増幅させれば、ゼックの住民のデルタ波による共鳴も増幅する……そして、それがまた、かれらの脳細胞の生体電気活動を増幅させることになる」

「ひとつちがっている点は、そのフィードバック共鳴は、ゼックの住民から受ける脳波インパルスではなく、わたしの脳波インパルスに対するフィードバックであることです」ポスビが得意げに補足する。「そしてわたしは、自分の細胞プラズマの脳波インパルスを、ハイパー・インポトロニクスのバイオポン・ブロック回路を介して完璧に制御できるので、サウンディを介してゼックの住民の夢に介入し、操作することもできるんです。ゼックの住民は非常に迷信深く、強烈な夢を見るとそれを占い、その結果にもとづいて実際に行動もする。したがってわたしは、すこし訓練すれば、すべてのゼックの住民をわたしの思いどおりに行動させることができるようになる……だからわたしには、アルク星系の王という称号がふさわしいわけです」

「それがほんとうなら、こんどこそかれを抹殺しなくては」ソクラトがパートナーに向かっていった。「だれかがある恒星系の全住民から自由意志を奪い、隷属させるなど、許されないことだ」

「たしかに許されないな」トロトは同意する。「だが、だからといって、パンタロンを抹殺する必要はない。かれがあらたに獲得した能力を悪用しないようにすればいいだけだ。その能力はもしかすると、よい目的のために利用できるかも」

「わかってくれましたね、わが騎士！」ポスビは感激した。「あなたはわたしの心の奥底まで見とおしておられる」

「わが目を疑いながらな」トロトがいじわるそうにつけ加えた。

「からかいたいなら、どうぞ。こんどばかりは不快じゃありません」とパンタロン。「ところでたったいま、あなたは予言の才能をお持ちだとわかりました。わたしの新しい能力がよい目的に利用できるといったから。そうなんです……その目的もはっきりしています」

「どんな目的だ？」ソクラトが知りたがる。

「ハケム・ミナルボの件ですよ」とポスビ。

「ああ、そうだった！」トロトが叫んだ。「あの情報商人は、きみがかれの連絡先を知っているといっていた。ということは、かれがわれわれに連絡してくる前に、きみはかれと接触していたはず」

「またずいぶんと控え目な表現ですね」パンタロンはいった。「わたしがハケム・ミナルボを見つけだしたんですよ。ハルト人の新しい居場所の座標を入手するための契約を、あなたたちと結ぶ用意のある情報商人を探していて。三十二名の商人と話しましたが、成果がなかった。そのとき、ミナルボの代理商のひとりに出会ったんです。かれがテフローダーとわたしのあいだのハイパーカム通信を接続しました」

「ハイパーカム通信か」トロトが考えこみながらいった。「するときみは、ミナルボに直接は会っていないのか。かれは少々、シャイな商人のようだな」かれは短い笑い声をあげると、ポスビに重要な質問をした。「そのとき、きみは生身の生物と話している印象だったか？」

「いいえ」パンタロンが答えた。「映像と音声は合成加工されていました。映像はコンピュータで生成したホロ・プロジェクション、音声はヴォコーダーで生成したものです」

「詐欺師だ！」ソクラトが叫んだ。「あのぼったくり野郎は詐欺師だな。価値のない情報と引き換えに、十八億ガフィをせしめようとしているんだ。やつをわれわれは一度も見たことがないから、探しだすこともできない」

「もしかれがそう考えているとしたら、わたしのことをよく知らないな！」トロトはうなった。「わたしなら、かれを捕まえて処罰するまでは、けっして手をゆるめないから。だが、かれはわたしを見くびるほど、ばかとは思えない。とりあえず事実だけから判断すると、ハケム・ミナルボという名前の背後に潜むだれかは、最先端のハイテク手段を手にし、扱うことができる。したがってかれが、わが種族のあらたな居場所を探りだすチャンスは充分にあるということ」

「わたしもそう思います」パンタロンはいった。「だからわたしはあの商人に約束したんです。あなたに、かれと契約を結ぶよう勧めると」

「契約を結べと勧めるだと！」ソクラトが激怒した。「あの詐欺師が情報と引き換えに、十八億ガフィを要求しているのを知らないのか？」

「知っているにきまってるでしょう。かれが額をいいましたし、さっき、あなたもいったじゃないですか」

「ならきみは、それがかんたんに用意できると思うんだな」ソクラトが嘲笑した。

「かんたんなことですよ。あなたたちとわたしが組めば」ポスビは断言する。

「なるほど!」とトロト。「ようやく本題に入ったな。わたしにはすでにある程度、見当がついている。だが、きみから話せ!」

「ありがとう、わが騎士」パンタロンはいうと、その奇妙な姿でできるかぎりていねいにおじぎをした。「とてもかんたんなことです。われわれも契約取引に乗りだすんですよ」

「情報商人になれというのか?」ソクラトが叫んだ。「頭がどうかしてるぞ!」

「ゼックでの契約取引の対象は、情報の入手だけではありませんよ」パンタロンは諭すような口調でいった。「あらゆる種類の原材料の調達はもちろんのこと、予言が的中するか賭けることもある」

「われわれが予言するんだな」ソクラトが嫌味たらしくいった。「次のドッグレースでどの犬が勝つか……はて、ゼックにはどんなレースがあるんだ? それをわれわれは予想し、大金をかけ、すべてを失うんだ」

「ほかの賭け方もありますよ」パンタロンは動じずに応じた。「サウンディの助けを借りて、わたしがゼックの住民の夢を介してかれらの行動を、われわれの予言がほぼいつも的中するように操作するんです。わたしが予言者になる……そして、あなたたちはわたしの霊媒者ということで。ええ、わたしは本気ですよ。あなたたちの助けが必要なんです。あなたたちにその計画脳で、わたしが計画する操作とゼックの住民の実行動とのあいだの因果性を計算してほしい。そうすれば、どの予言を的中させることができ、あてそこなうことがないか、事前に把握できます」

「それは名案のようだ」とイホ・トロト。「すくなくとも一度、試してみる価値はある。さっそく、われわれにデータをいくつか教えてくれ、パンタロン！　むこうから最初の住民たちがもどってくるのが見える。かれらと賭けをして、だれが勝ち、だれが負けるか見てみたい」

「わたしが賭けの契約をします」パンタロンは精力的だ。「いまから、わたしがあなたたちのマネージャーです。心配いりません、準備万端ですから。わたしのいうことをよく聞いてください……そして、因果性の計算をお願いします！」

「正気の沙汰とは思えない」ソクラトが憂鬱そうにいった。

「天才と狂気は、しばしば紙一重（かみひとえ）だよ、親愛なるソクラトくん」とトロト。

「今回はどちらに傾くか、やってみようじゃないか！　はじめろ、パンタロン！」

6

二名のハルト人とポスビがふたたび反重力プラットフォームにもどってくると、十五分後には百五十名ほどのゼックの住民が、かれらのまわりに集まった。シェボパルナム・ゾルガテヴは、ベンダルカンドの広場に到着した最後の住民たちのひとりだった。

人波をかきわけ、イホ・トロトのところまで歩みよると、ささやいた。

「状況は思わしくない。キランドップで訊きまわったが、きみたちの種族のあらたな故郷惑星に関する情報を入手する契約には、だれひとり関心をしめさなかった」

「たいした問題じゃありません」パンタロンが口をはさんだ。「ミナルボにわたす金を、だましとることにしましたから」

「だましとる？」シェボパル人はぎょっとしてささやいた。「詐欺を働く気か？」

「誠実に頭を使って、ですよ」ポスビが表現をやわらげる。

「まず、ここにいる者たちで試してみよう」イホ・トロトはやる気満々だ。ゼックの住民に手で挨拶すると、叫んだ。「このなかの数名は、わたしがみなさんに、ハルト人のあらたな故郷に関する情報を入手する契約をお願いしたのをご存じでしょう。ですからいま、いくつかの申し出が聞けると期待しています」

かれは期待をこめて群衆を見わたした。だが、住民たちは黙ったままだった。

数分後、そのなかのひとりが発言を求めた。

「あなたたちとの契約を希望する者は、ここにはいないようだ。なので、ベンダルカンドの下で瞑想してどんな天啓を授かったか、聞かせてもらえませんか」

「厄介なことになったぞ」ソクラトがインターコスモでうなった。

「このときを待っていたんです！」パンタロンが同じ言語で応じた……すると、群衆に向かってテフローダー語で話しはじめた。「自己紹介をさせてください。わたしの名はパンタロン。魔術師で、両ハルト人のマネージャーをしています。トロトとソクラトはみなさんの期待を裏切らない、いや、期待を上まわる霊媒師です。その予言を、わたしはかれらと協力してエキサイティングにお伝えしたい。ついては、かれらの予言に関する賭けの契約を結びませんか？」

先ほど発言を求めた男が叫んだ。

「だれがきみと、このハルト人たちがなにを予言するか賭けをしたいと思うんだ？　きみはかれらと口裏をあわせるに決まっているのに」

「そうくると思ったよ！」シェズがささやいた。

「われわれの賭けの対象は、口裏あわせなどできません」ポスビが応じる。「つまりわたしは、わが霊媒師たちがなにを予言するかについて賭けるんじゃない。かれらの予言が近い将来に的中するか、しないかの賭けをするんです。いくら天啓の力をもってしても、未来をわれわれの思いどおりに変えることはできないので、わたしの賭けの契約相手とわたしとのあいだの公平性は守られています」

「それなら話はわかる！」ドモ・ソクラトが認めてうなった。

群衆のあいだに動きがあった。かれらは活発に議論をしている。数分後に突然、静まりかえった……すると、住民のそれぞれが各自の把握器官で、カラフルなプラスティックカードを高く掲げた。

「ここでは同意をこのようにしめすんだ」シェズがハルト人たちとポスビに説明する。

「かれらが掲げているのは、クレジットカードだ」

「それでは、はじめましょう！」パンタロンが尊大にいった……そしてやや謙虚にこうつけ加えた。「もちろん、まずはささいなことから」

＊

イホ・トロトとドモ・ソクラトは最初の課題をほぼ楽々、解決することができた。パンタロンが賢くもさしあたり、重要度が低めの出来ごとについての予言に限定したからだ。

そもそも、かれはそうするほかなかった。理論上は容易に見えるプロセスが、実践でどのように機能するか、まず試してみる必要があったから。

たとえば、スポーツ競技の結果や、食糧や原材料の価格動向、証券価格の上昇や下落といった日常的なことがらについて、パンタロンはゼックの住民の夢から情報を得る。そして、住民の夢に影響をあたえることで、ことがらの展開を操作することに力を傾注した。

だが、ポスビはそのプロセスだけでは、ことがらの実際の展開を推定することはできなかったろう。その原因はおそらく、かれのバイオポン・ブロック内部の制御不良にあり、かれのこれまでの奇行もそれによって引き起こされたとみられる。

トロトとソクラトの、完璧な精確さで機能する計画脳の助けがあってはじめて、パンタロンの秘密の作用と、精度に差はあれ操作を受けた、ゼックの住民の行動の結果とのあいだの因果性を計算することができ、ある程度、有用な予言が可能となったのだった。

パンタロンはかれの〝霊媒師〟の予言をかなり自由に、みずから編み出したルールにもとづき市場化した。予言が的中し、大半の参加者がちがう結果に賭けていた場合には、あたった者は賭け金の何倍もの配当を獲得する。その公平なチャンスを参加者にあたえる仕組みだった。

もちろん、その予言は秘密にし、シェズが自分しか閲覧できない賭け帳に記録する……そしてかれは、行動において絶対的な中立を守り、記録内容をだれにも漏らさないことを誓わなければならなかった。

トロトはその手順から、テラナーの競馬の賭けをちらりと思い浮かべた。数千年前にかれが得た知識によれば、その賭けでは公式には、各参加者に公平なチャンスがあたえられていた。

パンタロンが考案したすべての賭けの契約が完了すると、住民たちはまた引きあげていった。

両ハルト人とポスビも、シェボパル人を連れてその場を立ち去った。最初の結果がでるのは早くても翌日だ。

それまでのあいだ、ハルト人らはレンタル・グライダーでシェズとともに北極大陸をめぐり、時間をつぶすことにした。その旅で、この惑星に独特の現象をあらためて確認し、不思議に思った。惑星ゼックの住民はみな、北極点のすぐ近くに集中して住んでおり、北極大陸の残りの地域は、ほぼまったく居住者がいないのだ。

南極大陸にいたっては、ゼックの住民に利用もされていない……

この点をたずねられ、シェズはこう説明した。おそらく特有の気候が、北極点周辺に住民が居住するきっかけになった。南極大陸については、たんにそこまでいく必要性がなかったから。とくに南極大陸のジャングルには人をも殺す危険植物がはびこっており、最適な装備をした探検隊でも、生き残るチャンスはほとんどないという。

これまで何回、探検隊が派遣されたのかとトロトが訊くと、シェボパル人は答えに窮した。どうやら、一度も派遣されていないようだ。

ただし、ひとつだけ例外的な派遣があった……それも、四年ごとに実施されている。事情はこうだ。四年周期でゼック政府の執行官が交代する。この政府は合議制で、選出された住民代表で構成される。執行官は本来、その意思を執行する役割だったが、かなり前から、むしろ独裁者よろしく政府を支配していた。

毎回、執行官の任期が終わりに近づくと、次期の候補者たちは南極大陸に向かい、そこでジャングルの危険と闘うのだ。各候補者はすくなくとも十日間、そこに滞在しなければならない。この期限を耐え抜き、帰還できた者が、新執行官になるという。

「だが、危険がそれほど大きいのに、候補者はたったひとりでどうやって生きのびるんだ？」ソクラトがたずねた。

「候補者は身を守るために、チッカ＝シュガーの使用が許されるんだ」とシェズ。「この麻薬がまったく役にたたないこともある。そのときは、次の候補者たちがジャングルに向かうというわけ。でも、勝者が決まるのに、七十日以上かかったことはないよ」

「候補者が何名も帰還したらどうするんだ？」パンタロンがたずねる。

シェボパル人はぽかんとしてかれを見ると、角のあいだの毛皮を掻いた。

「わが故郷惑星プソプタのふたつの衛星に誓っていうが」シェズはいった。「そんなことを、ゼックの住民は疑問に思ったことがないし、実際に起きたこともない。いつも帰還するのはひとりきりだ」

「そいつはたまげた！」トロトは思わずこぼした。「どこか怪しい臭いがするな」

だが、それはハルト人には関係のないことだったので、かれはすぐに忘れた……というより、頭から押しのけた。かれの計画脳は忘れることができないからだ。それに、調べるべきことが、まだたくさんあった……なによりまず、次の賭けの基礎となるデータだ。

＊

翌日、両ハルト人とパンタロンはふたたび、ベンダルカンドに向かった。すでにそこには大勢の住民が待っていた。シェズは賭け帳ポジトロニクスをかかえ、すこし遅れて到着した。

かれは賭けの結果と、賭け帳ポジトロニクスが賭け金と勝敗者数から算出したオッズを読みあげた。

パンタロンとかれの〝霊媒師〟が、もっとも多くの配当金を得たことが明らかになった。だが、数名のゼックの住民もかなりの配当を獲得した。

その結果は一方で、ハケム・ミナルボにすくなくとも手数料の三億六千万ガフィを支払い、活発な情報入手活動をうながすには、まだたいへんな数の賭けをする必要があることもしめしていた。

シェズは利益から、政府の公安委員会に支払うべき契約税を差し引いた……徴集係がすでに広場の端のグライダーのなかで待ちかまえている。結局、賭けの第一ラウンドで手もとに残った利益は、ちょうど七十万ガフィだった。

だが、ポスビは楽観的だ。

「商売ははじまったばかりです」かれはハルト人にいった。「今日はもっと利益のあがる賭けができる。まあ、見ててください。参加者が殺到しますから。それに、ゼックの住民はわれわれの的中率が圧倒的に高いことに気づきました。それはあらたな可能性を開くことになる。賭けの契約よりも、みずからの事業に関する予言を聞きたい住民たちが、われわれのところにくるようになるでしょう。それはいい金になる」

両ハルト人は懐疑的だった。ポスビは自信が強すぎて、失敗するんじゃないかと心配だった。

しかし、パンタロンの予言は現実になったことがわかった。賭け商売は繁盛し、第二の商売も好調な出だしを見せた。ただ、この成功はハルト人のなかに複雑な感情を呼び起こした。予言を求めて訪れるのは、まじめな商人や生産者ばかりではなかったのだ。相場師や詐欺師、さらには犯罪シンジケートの工作員までやってきて、違法なプロジェクトが成功する見通しを知りたがるのだった。

そんな来訪者に対しても、パンタロンはためらいなく助言する。だが、両ハルト人は乗り気ではなく、むしろすげなく追いかえしたかった……ポスビがあることを耳打ちするまでは。かれは不埒（ふらち）な者に対してはにせの予言を伝えることで、犯罪計画が失敗するよう仕向けていたのだった。

このようにして一日が過ぎた。夜のあいだ、パンタロンはいわば睡眠中も、かれらの商売のメインとなる仕事を果たした。

一方、イホ・トロトとドモ・ソクラトはというと、いままでになくよく眠り、よく夢を見た。それはどうやら、近いうちにかれらの種族を見つけだせるという希望を、ようやく持てるようになったことと、関係がありそうだった……

7

かれらの利益は、翌日には百五十万ガフィほどになった。依然として、ハケム・ミナルボが要求する手数料には届かない額だったが、すくなくともハルト人たちは、差し迫った資金不足に直面することはなくなった。

さらに、かれらのもとには、ますます多くの参加者が押しかけるようになった。キランドップでのかれらの知名度が急上昇したためだ。その人気は一種の〝フィーバー〟に発展した。ゼックの住民たちは、賭けの主催者だけでなく、住民の多くも賭け金を何倍にも増やしていることに気づいたからだ。これは当然、パンタロンの緻密なシステム設計のおかげであると同時に、かれがつねに一部の賭けで負けていたという事実のあらわれだった……すべての住民の行動を狙いどおりに操作することは不可能だったから。

ゼックの住民たちは賭けにどんどん参加し、賭ける額を増やしていった。このような大規模な賭けに参加でき、しかも運がよければ大きな利益を手にできることを、明らかに楽しんでいた。

その一方、べつのある筋からは拍手がすくなかった。ふたつの犯罪シンジケートは、〝パンタロン商会〟が成功と大きな利益を予言した事業で、大損を喫していた。事業は失敗し、多数の構成員が投獄されたのだ。

当然、かれらはパンタロン商会に意図的にはめられたと気づいた……そして昔からのならわしどおり、かれらを害する者には厳しい罰をあたえずにはおけなかった。

かれらは重武装した殺し屋軍団を送りこみ、ベンダルカンドに集まった住民たちを乱暴にかきわけ、不届き者を探しだし、群衆の目の前であの世へ送ろうとした。

つまり、おきてに反する者をみせしめにしようとしたのだが、二名のハルト人の前では、そのくわだては最初から破綻する運命にあった。敵は自分たちになにが起きているか気づく間もなく拘束され、たちまち治安維持隊員に連行された。

この光景を目撃した住民たちは感動し、ハルト人たちに熱狂的な拍手を送った。これほどの怪力を発揮する無敵の生き物を、かれらは見たことがなかったのだ。この巨漢たちが殺し屋の命までは奪わなかったことで、かれらの感動はいっそう強まった。

イホ・トロトとドモ・ソクラトは、善意にあふれる住民たちとの交流を楽しんだ……が、すぐにそれどころではなくなった。かれらをゼックの第三百四十代執行官の後任に推す声があがりはじめたのだ。ふたりはそんなことにはまったく関心がなかった。たとえ、南極大陸のジャングルの危険を恐れはしないとしても。

かれらはこっそり逃げだそうとした。だが、それを阻止すべく、群衆がふたりをとり囲んだ。そこから逃れるには腕力を使うしかないが、もちろん、ハルト人がそんなことをするわけがない。

数百名の治安維持隊員が到着してようやく、かれらはこの窮地から解放された。隊員たちに住民は喜んで場所をあけたのだ。ゼックの住民は平和と秩序をなにより愛する……だからこそ、これらの価値の守護者に敬意をはらうのだった。

治安維持隊の指揮官がかれらの前に進みでた。その顔にハルト人とシェズは見覚えがあった。かれらが最初にベンダルカンドを訪れたときに会っていたから。

「わたしはちょうどいいタイミングでここにきたようだ」シルバー・トシュはいった。「きみたちはまさか、群衆の強い熱意にほだされて立候補するような、まちがいを犯す気はないだろうね。この職務はきみたちにとっては、ただ重い責任を背負うだけだ」

「そんな職に興味はない」とイホ・トロト。「われわれにはべつの計画があるんだ。それに、思い出したよ。きみは立候補するつもりだったな」

「わたしはゼック政府の第三百四十一代執行官になりたいのだ」トシュは宣言する。

「第三百四十代の任期はもう終わったのか？」とシェズ。「あと半年は残っていると思ったが」

「きみの情報はもう古い」トシュはいう。「第三百四十代は二時間ほど前から、職務を遂行していない。脳卒中で急死したのだ。かれが生きていたら、住民は後任をと叫んだりしないだろう」

かれは手を伸ばし、パンタロンを軽くたたいた。

「さあ、きみの霊媒師の力を借りて、わたしに教えるんだ。どうしたら、わたしが政府の第三百四十一代執行官になれるかを!」かれは命令口調でいった。

「かれはきみの命令は受けないぞ」トロトはいった。

「いや、喜んでお話しさせていただきますよ。どうすれば第三百四十一代になれるのか」ポスビはいい、トシュのほうを向いた。「あなたはほかの候補者とともに南極大陸におもむいてください。そうすればわれわれは、だれが死のジャングルから帰還するかがわかりますから」

テフローダーは激怒したようだ。数秒間、憎しみに満ちた目でポスビをにらみつけると、突然、うしろを向き、数百名の部下を連れて広場を去った。

「あきらめたようだな」ソクラトがいった。

*

一時間もたたないうちに、ドモ・ソクラトは野心に燃えるシルバー・トシュを甘く見ていたことが判明した。

ハルト人たちはホテルにもどり、シェズはパンタロンを連れて、キランドップのコンピュータ・センターに向かった。ポスビがゼックへの入植の歴史に興味を持ったからだ。

イホ・トロトとドモ・ソクラトが部屋に着くやいなや、テレカムの通話が入り、スクリーンにシルバー・トシュの姿が見えた。

「パンタロンと、このシェボパル人はあずかった」かれは伝える。「かれらは詐欺師だ！　パンタロンはただのロボット。だから予言者ではなく、たんなる補助ツールだ。きみたちが予言者だな……さあ、わたしに教えるんだ。どうすれば第三百四十一代の執行官になれるかを。さもなければ、このロボットはスクラップ、シェズは流刑に処す。かれらは、わたしが執行官に就任するまで、秘密の場所から出られない。わたしが就任したら、かれらは解放する」

イホ・トロトとドモ・ソクラトは顔を見合わせた。脅されて黙っているふたりではなかった……言葉はもういらない。ふたりは、テフローダーの要求に応じるふりをし、すかさずチャンスをとらえてかれを出しぬこうと決意した。

二秒もしないうちにトロトがいった。

「かれの要求どおりにしないといけないようだな」

「そのようだ」ソクラトが応じた。

「さあ、なにをしたらいいんだ？」トシュはしめたとばかりにたずねた。

「ほかの候補者の名前が必要だ」とトロト。

「わたしのほかはひとりだけだ」トシュが応じた。「ナクルム・ペタシュという名で、紋章動物は吸血コウモリだ」

「吸血コウモリ」ソクラトがくりかえす。「それに一角獣か。ここにギャラクティカーが住み、かれらの文化遺産が持ちこまれていることは明らかだ」

「話をそらすな！」とトシュ。

「よし、それなら」トロトがいった。「ジャングルに入るのは避けられないぞ。その手順が尊重されているのなら、そこで決着をつけないと。われわれは、ナクルム・ペタシュが永遠にジャングルにとどまるよう、とりはからうから」

「きみたちもジャングルに入るのか？」テフローダーがたずねる。

「そうしないわけにいかないだろう」とソクラト。

「了解だ」トシュがいった。「だが、忘れるんじゃないぞ！　パンタロンときみたちのシェボパル人の友の運命は、わたしの手中にあることを。わたしが執行官になれば解放するが、さもなければ消えてもらう」

「われわれはなにかを忘れることはない」トロトは曖昧に断言する。「いつ、候補戦ははじまるんだ？」

「あさってだ」トシュが答える。

「まにあうようにいく」とトロト。

テフローダーが接続を切ると、スクリーンが消えた。

「もちろん、シルバー・トシュを執行官にはさせない」トロトがパートナーにいった。

「タラヴァトスの助けを借りて、パンタロンの居場所はすぐに確認できた。二名の候補者が南極大陸へ出発したら、ただちにポスビとシェズを解放する。それから、ペタシュを防御するために船で追いかけよう」

「そううまくいくだろうか」とソクラト。「われわれが候補戦を公然と操作したら、勝者が住民に認められるとは思えないが」

「それはもっともな意見だ」トロトは認めた。「もうすこしいい案を考えないと。ところで、われわれの賭けはこれからどうする？　まだ、二十パーセントの手数料分も集まっていない」

「大きな問題だ。その解決策はまだ見いだせない」ソクラトが憂鬱そうに応じた。「タラヴァトスと相談してみたほうがいいかも」

「あんなずる賢いやつにか！」トロトはどなると、いきなり笑いだした。「この問題を解決するには、ずる賢いやつが必要かもしれないな。では、宇宙港に飛んで、コンピュータ結合体と話しあってみよう！」

かれはテレカムでタクシー・グライダーを呼び、ホテルのロビーでソクラトと到着を待つことに。

だが、それどころではなくなった。ハルト人たちがロビーに姿をあらわすや、数百名のゼックの住民がかれらをとり囲んだのだ。みな口々に、第三百四十一代執行官の候補戦の結果に対する賭けを求めている。

トロトとソクラトは求めに応じる気はなかった……住民たちが希望する、賭け金の額を聞くまでは。その額は低くても五万ガフィ、百万ガフィの声もちらほらと聞こえてきたのだ。

「民意に屈することとしよう」トロトはインターコスモでパートナーにいった。「今回はパンタロンに夢で事の進展に影響をあたえてもらう必要はない。勝者がわかっているから。つまり、手持ちの金をすべて賭けていいということだ」

ドモ・ソクラトもかれに同意した。

この決定を発表すると、群衆はかれらをベンダルカンドの広場に連れていった。そこにはさらに多くの住民たちが集まっており、かれらは大歓声で迎えられた。広場にぎっしりと詰めかけた住民の総数は、百万近くにのぼるだろう。

トロトとソクラトは、あらたな賭けのルールを考えだした。シェズがいなければ、かれが公平性を担保する、従来のルールを適用できないからだ。ふたりは計画脳のおかげで、賭けた者の名前と賭け金、予想を賭け帳ポジトロニクスに記録する必要はなく、厳格な秘密保持も確保することができる。

ただし、そのやり方はゼックの住民が、かれらがフェアであると信頼していたからこそ、可能だった。かれらがその住民の信頼を裏切ることはない。なぜなら、記録が改竄されることはないから……そして勝者に賭けたゼックの住民たちは、莫大な配当金を手にすることとなる。

賭け金の総額が八十億ガフィをこえた時点ですでに、ゼックの住民たちが両ハルト人よりも多くの利益を得ることが確定した。なぜなら、トロトとソクラトは手持ちの金をすべてつぎこんだにもかかわらず、相対的に控え目な賭け金となったから。

最後の賭け契約が完了し、ハルト人たちがようやくグライダーに乗りこみ、かれらの船に飛ぶことができたときには、午後の遅い時間になっていた。

そこには驚きが待っていた。

スイン・ガー・ルルが《ハルタ》の前に立っていたのだ……戦闘服に身を包み、手にはビーム兵器。かれのうしろにはさらに十名の武装兵が控えている。

8

「また会ったな」イホ・トロトはいった。「警察か、それとも軍か?」

「どちらでもない」ガマリは答えた。「われわれは民間の反薬物団体に所属し、かつてはみな、チッカ=シュガーに依存していた」

「だからきみは、パンタロンがホワルゴニウムを見せたとき、あれほど驚愕したんだな」ドモ・ソクラトが指摘する。

「そうだ」スイン・ガー・ルルは認めた。「その出来ごとと、きみたちの船を借用する機会が訪れたことが最後のひと押しになって、わたしはチッカの麻薬商人の拠点を撲滅しようと決めた」

「抜け目ないな」トロトはいった。「あのとき、きみはチッカになにかを持っていっただろう。あれは爆弾か?」

「そうだ。それで麻薬商人の拠点を破壊した」ガマリが説明する。「ところが、拠点とともにチッカ=シュガーの最終在庫も全滅させてしまったのだ。不覚にも、友もわたしもそのことに気づかなかった」かれは絶望の口調だった。

「執行官の候補者たちが、チッカ＝シュガーなしで殺人植物のジャングルに向かったら、確実に死にいたる」

「南極大陸で候補戦をしろと、だれかが強制しているわけじゃない」ソクラトが異を唱える。「なぜほかの方法にしない？　サイコロででも決めればいいものを」

「サイコロ？」ガマリがくりかえす。

「それが伝統というものさ」とトロト。「ジャングル入りは、なにものにも代えがたいのだ」かれはガマリを注意深く見て断言した。

「きみはわれわれのチッカ＝シュガーを奪いにきたんだな」

「そうするほかないんだ」スイン・ガー・ルルはいった。「薬をくれ！　各候補者に半分ずつわたすから」

「だが、われわれが持っているのは薬物ではない。ホワルゴニウムという五次元性振動結晶体で、ハイパー送受信機などの機器内部の制御に使用されるものだ」

「なるほど……」と、スイン・ガー・ルル。「われわれはそれにクインタディム金属を使用している。だが、きみたちは信用できない。あのとき、わたしが見たのはチッカ＝シュガーで、振動結晶体ではなかった」

「いっしょにこい！」トロトがガマリをうながす。

かれは《ハルタ》に許可のない者が立ち入るのを防ぐロック装置を解除すると、ガマリを司令室に連れていった。そこでタラヴァトスに、スイッチ操作でハイパーカムのカバーをはずさせ、内蔵されたホワルゴニウムをスイン・ガー・ルルに見せた。

ガマリはあとずさる。

「これはチッカ＝シュガーだ」かれはささやいた。「わたしの感覚を拡張させる振動が感じられるから。きみたちはほんとうにこんな薬物を、五次元性の機器に使っているんだな！」

「おかしな話だ」とトロト。「われわれのだれも、これまでホワルゴニウムで中毒症状を感じたことはない。きみはわれわれとはメタボリズムが異なるようだな」

「ゼックではテフローダーやギャラクティカーにも症状が出るぞ」ガマリが反論する。

「だとしたら、この惑星ゼックになにか要因があるはず。それがホワルゴニウムに、麻薬のような作用をさせているんだ」トロトは考えこみながらいった……そして、なにかに気づきはじめた。「だが、きみへの助力を惜しむ気はない。ホワルゴニウムをおわけしよう。この船にもあるから」

かれは棚からふたつ、袋をとりだし、スイン・ガー・ルルに手わたした。

ガマリはおおげさに礼をいうと、仲間を引き連れ、大あわてでその場を立ち去った。

イホ・トロトとドモ・ソクラトは司令室にもどり、タラヴァトスから、パンタロンとシェズが監禁されている隠れ場所の座標を聞いた。

「きみはずっとなにかを考えているだろう」ソクラトが指摘する。かれは何度もパートナーと会話しようとして失敗していた。「なにかを隠しているみたいだ」

「熟していない果実は採らないほうがいい」トロトは応じた。「ある秘密をつかんだと思ってはいるんだが、それが正しいという確信が持てるまでは、話しても意味はない」

「いつ確信にいたりそうか？」ソクラトがたずねる。

「あさってになれば、その秘密は暴かれるだろう」トロトはなぞめいた言葉を告げた。

「それまで、急かさないでくれ」

＊

「あなたはわれわれを解放してくれるとわかっていました、わが騎士よ」パンタロンがいった。かれらが監禁されていた小部屋は、キランドップ旧市街の中心部にあった。トロトとソクラトは周囲にしかけられた罠を突破し、小部屋に突入したのだった。

「騎士はもうよせ！」イホ・トロトはがなった。「これから南極大陸に飛ばなければ。政界のボスをかけた勝負がわれわれを待っている。たわごとにつきあっているヒマはないのだ」

かれはシェズにちいさな袋をわたした。

「しまっておけ！　殺人植物のジャングルで生きのびるために必要となる」

「チッカ＝シュガーか？」シェボパル人がたずねる。

トロトが認めると、パンタロンが文句をいった。

「わたしの分はどこに？　もしや死ねというのですか？」

「きみはチッカ＝シュガーがどんなものか、よくわかっているはず！」トロトはポスビを厳しくいさめた。「きみのハイパー・インポトロニクスに、充分に含まれていることも」

ポスビは口を閉じた。

四名は《ハルタ》に乗りこみ、南極大陸に向かった。ちなみに、パンタロンは純粋なロボットではなく、一部は有機知性体なので、この数に含めている。

一行は、ジャングルのなかに切り開かれたエリアにおりたった。たいらに整地され、除草剤で処理がなされたその場所に、執行官候補者たちは代々、着陸してきたのだった。ちょうど到着と同時に、恒星が昇りはじめた。だが、鬱蒼としたジャングルのなかは薄気味悪く静まりかえっている。

「さてどうする？」ドモ・ソクラトがたずねる。「きみはなにかを考えだそうとしていたな、トロト。どうなった？」

「考えるまでもなくなった」トロトはいうと、横にいるポスビを見た。「スイン・ガー

・ルルとチッカ＝シュガーについて話していたとき、直観で解決策をつかんだのだ。パンタロン、〝審判〟を呼ぶ時がきたな！」
「審判？」ポスビがくりかえす。

「ただでさえばかなのに、さらにばかのふりをしてどうする！」トロトがどなった。

「きみはよく知っているはず。ホワルゴニウム、つまりチッカ＝シュガーと密に接触すると、きみの脳波インパルスは増幅され、サウンディの共鳴が励起されることを。この現象はハルト人には起きないので、気づくのに時間がかかってしまった。パンタロン、きみの場合はその機能がよすぎるんだ。サウンディのフィードバック共鳴を意図的に制御できるんだからな。ゼックの住民にはそれはできない。かれらの場合には、モノリスのフィードバック共鳴は、知覚の大幅な拡張を引き起こす」

「たしかに！」シェズが叫んだ。「それは感じるよ！」

「わかったぞ」ソクラトがいった。「その知覚の拡張によって、ゼックの住民は殺人植物のジャングルで生きのびることができるんだな」

「そして、不安神経症におちいらずにすむんだ。というのも、ゼックの住民はチッカ＝シュガーがないと、サウンディから千五百キロメートル以上も離れたら、ただちに不安神経症状をあらわすから」トロトが補足した。

「Ｍ‐８７のけだものにかけて！」ソクラトが思わずもらす。「それが、ゼックの住民がモノリス周辺に集中して定住し、南極大陸にだれも住んでいない理由だったんだ。きみはそれを知っていて、わたしに隠していたんだな、トロト」

「知らなかったんだ」イホ・トロトは応じた。「パンタロンとシェズを解放するための飛行中に考えを重ねてはじめて、この知見にたどりついた。それは正しいだろう、パンタロン？」

「ええ」ポスビは答えた。

「でも、わたしはそれに気づかなかった……わたしの同胞もおそらくそうだ！」シェズが叫んだ。

「例外がある。それは、チッカ＝シュガーを身につけている者だ」とトロト。「すくなくとも、そのうちの何名かは真実を知っていたはず」

「そして、その真実がかれらを中毒にしたんだ。ホワルゴニウムそのものではなく」と、ドモ・ソクラトは結論づけた。「もし、すべてのゼックの住民がこの真実を知ったら、変化が起きるかもしれないな。だが、それはかれらの問題だ。わたしが関心を持つのは、なぜきみは、サウンディがこの候補戦の審判役になると思うのかだ、トロト」

トロトは笑い声を轟かせると、説明をはじめた。

「言葉どおりに受けとるな、ソクラト。もちろん、サウンディはなにかを意識的に判定することはできない。一握（いちあく）の土と同じくらい無知だから。サウンディと候補者のあいだで生まれるフィードバック共鳴が、知覚拡張の規模をさだめることによって、結果的に候補者自身の意識レベルで勝敗を決定づけるのだ。わたしの推測では、功名心が過剰に高い者は、知覚が極端に拡張され、そのせいで殺人植物のジャングルの犠牲になるのではないかな」

「功名心が過剰に高い者」ソクラトがくりかえす。「たとえば、シルバー・トシュのような？」

「そうなることを願うしかない……そして、ペタシュの功名心が、かれの上をいかないことを」とトロト。「よりましなほうが勝つ。たしかなことはそれだけだ」

ソクラトがうなった。

「もし、われわれがまちがった候補者に賭けていたら？」

「そうなったら、十八億ガフィを集めるまで、長期戦でのぞむしかない」トロトはそっけなく応じた。「だが、もしわれわれが勝てば……すくなくともわかることがある。それは、われわれがいかさまをせずにすんだということだ」

＊

かれらは着陸地点で結果を待ちつづけた。すると、正面のジャングルの端部がふたつにわかれ、候補戦の勝者が外に出てきた。

二名のハルト人はかたずをのんで見守る。防護服の球形ヘルメットの奥に顔が見えた……生存者はシルバー・トシュではなかった。勝者がエアロックの消毒シャワーを通りぬける。その服の胸と背中に、吸血コウモリの紋章も確認できた。

これでとうとう、第三百四十一代執行官はナクルム・ペタシュが務めることが確定した。

ペタシュはハルト人たちに、チッカ＝シュガーをかれと対戦相手に提供したことに謝意を述べた。それがなければ、どちらもジャングルで生きのびることはできなかった、と。そして、自分のできる範囲で、ふたりの望みをなんでもかなえると申し出た。

イホ・トロトはすでに、かれとパートナーが得る配当金額を計算していた。かれがペタシュにいった。

「もうすこしのあいだ、われわれを歓待してくれ。そして、われわれが妨げなく配当金を受けとれるようにしてほしい」

新執行官はそれを約束した。

ハルト人はかれと同行者を連れて、最短ルートでキランドップにもどった。到着後、ベンダルカンドに向かうと、そこにはすでに住民がぎっしりと集まり、かれらを待ち構えていた。

トロトが配当金を分配しているあいだ、パンタロンは情報商人のハケム・ミナルボに連絡をとり、自分の主人は手数料を支払う用意ができていること、そして所望の情報を受けとれば、残金も支払う旨を伝えた。

商人のホロ・プロジェクションは上機嫌だった。かれいわく、ハルト人たちが十八億ガフィを工面できることはわかっていたので、最初の接触からすぐ、アンドロメダ銀河内の自身の情報網に、集中的な捜索を指示していたという。そして、二日後に指定した額と引き換えに座標を伝えると告げ、アルク星系から二・三光年離れた待ち合わせ場所を指定した。

そこで通話は終わった。

「金はできた」パンタロンが通話内容を報告すると、イホ・トロトはいった。「しかも、百五十万ガフィの余りが出る。その金はシェズに進呈したらどうだろう……忠実な仕事への感謝と、かれがどの賭けにも参加できなかったことへの埋めあわせとして」

「その必要はない」シェボパル人がいった。「きみたちはわれらゼックの住民に、はるかに多くの贈り物をくれたから。つまり、われわれは不安神経症とチッカ＝シュガー、モノリスにまつわる真実を知ることができた。これまで経験したことのないような大変革が、われわれに訪れるだろう」

「真実をひろめるか、自身の胸にとどめておくか、よく考えろよ！」ソクラトがかれに助言する。「大変革は、まずいことにもなりかねない」かれはパートナーに向きなおった。

「ところで、まずい事態はわれわれの身にも起きかねないぞ、トロト。あのテフローダーに、高い金と引き換えに、にせの座標をつかまされたらどうするつもりだ？」

「もうすこしかんたんな質問にしてくれよ」トロトは応じた。「詐欺から完璧に身を守る方法は存在しない。情報が正しいことの証明を求めることはできるが、証明なんてどれもデータにすぎず、どんなコンピュータでも偽造できるからな。真実が明らかになる瞬間は、その座標に到着してはじめて訪れるのさ」

＊

二日が経過し、《ハルタ》はとり決めた恒星間宙域の座標に到着した。

通常連続体に復帰したとき、探知システムが五キロメートルほど先に、直径五百メートルの球型船を検知した。それは数千年来、テフローダー船に特有とされてきた特徴を備える船だった。

ほんの数秒後、ハイパーカムが作動した。スクリーンにハケム・ミナルボのホロ・プロジェクションがあらわれた。

「あなたがたの一世一代の取引を、わたしと結ぶ決断をされたこと、お祝い申し上げます」かれはいった。「いまの距離を保ってください！　そちらの船載コンピュータにデータを転送します。それを見れば、わたしがあなたたちの種族のあらたな故郷を見つけたことがわかります。座標はデータに含みません。わたしのコンピュータに十八億ガフィの債務証書のデータインパルスを送ってください。届きしだい、座標をお教えします」

「わかった」イホ・トロトはいった。

その直後、タラヴァトスが画像も含むデータブロックを受信した。それをハルト人に表示すると、数百の建物群が見えた。建物のあいだを数名のハルト人が移動している。上空には明るいアーチ状のものが見えるばかりだった。

「詐欺だ！」ドモ・ソクラトが憤慨して叫んだ。「ハルト人があんな大きな建物群で生活するわけがない！」

「生活するのではなく、働いているのかも」トロトはおちついたようすでいった。「とはいえ、あのように建物を密集させるのは、わが種族の特徴とは異なるな。だが、あの商人はハルト人のメンタリティを熟知していると、わたしは確信している。おそらくかれは、あまり特徴的でない画像を選択することで、安っぽいトリックは使わないことを、われわれに証明しようとしたんだろう」

「だとしたら、安っぽくないトリックだ」ソクラトがいう。「やつのいうことはひとことも信じられない」

「じつは、かれのコンピュータ結合体にうまいことといって、具体的な情報を引きだそうとしたんです」タラヴァトスが明かす。「それは残念ながら失敗しましたが、その主人はハルト人とは異質なメンタリティを持つことはわかりました」

トロトはとうとう決断した。

「わたしは取引するほうに賭ける、ソクラト」トロトがいった。「どっちみち、だまされたかどうかは目的地に着くまでわからない。データはどんなものでも偽造できる。できないのは事実だけだから」

「わかった」ソクラトが折れた。

「かれに債務証書のデータインパルスを送れ、タラヴァトス!」トロトは命じた。

インパルスを送るやいなや、船載コンピュータが、他船のコンピュータから座標を受信したと伝えてきた。

「座標はここから一万二千光年、離れた地点をしめしています。そこはアンドロメダ銀河ハローの内縁部で、銀河系側にあたります」タラヴァトスが説明する。

「早くいきたくてたまらない!」ソクラトは文字どおり待ちきれないようすだ。

「商人のほうは、われわれから離れたくてたまらないようですよ」コンピュータ結合体が確認する。「あやしいですね。いや、待ってください、かれがハイパーカムで連絡してきました!」

ハイパーカムのスクリーンがふたたび明るくなった……こんどのかれは、テフローダ

— の姿ではない。どっしりとした骨太の体格で、燃えるように赤い頭髪が肩まで伸び、やはり燃えるように赤い髭をたたえたスプリンガーとして、そこにあらわれたのだ。

イホ・トロトは飛びあがり、あやまってパンタロンを突き倒したすえ、大声で叫んだ。

「キャプテン・アハブ！　ストーカーだ！」

商人は笑い声を轟かせると、こう説明した。

「もう、ずいぶん前から、きみたちがゼックにくるのを待っていたのだ、友よ。わたしの情報提供者はテルツロックにもいるんでな。きみたちは聖なるミッションを遂行している……だから、きみたちを欺くようなことは、とてもできなかった。わたしのデータを信じて、見つけるんだ！　きみたちの種族のあらたな故郷を……そしてそれ以上のものを。暴君たちとの戦いに幸運を祈る。いつかきみたちが銀河系にもどったら、キャプテン・アハブはまだ生きていると伝えてくれ！」

「老いぼれ悪党め！」トロトは叫んだ。「もちろん、きみを信じるさ……すくなくとも、今回ばかりはな。だが、教えてくれ。暴君とテラのホールに住む悪魔について、きみはなにを知っているんだ？」

だが、ストーカーはすでに接続を切っており、もう返事はなかった。かれの船はあっというまにその場を発ち、ハイパー空間に消えていった。

「目的地の座標に針路をとれ、タラヴァトス！」トロトはコンピュータ結合体に命じた。

《ハルタ》が伝えられた座標の近くで通常空間に復帰すると、そこは銀河ハローの外縁部によく見られるような、星の密度が低い宙域だった。

*

イホ・トロトとドモ・ソクラトはほとんど耐えがたい緊張に襲われていた。テフローダーのハケム・ミナルボの背後に伝説的なソト＝タル・ケルが隠れていたという事実は、ふたりがかれの情報を正しいと期待できる根拠となった。それは、ストーカーが誠実なタイプだからではない。かれはその逆で、かつてはよく根っからのペテン師ぶりを存分に発揮していた。そうではなく、かれはかれらにとって、過去の切り離せない一部であり、特別なきずなのもと、運命をともにしていた人物だったからだ。

とはいえ、かれが同じ気持ちでいるかはわからない。ストーカーのメンタリティは、ハルト人のそれとは大きく異なっていたから……いや、それはハルト人にかぎったことではないだろう。

「ストーカーと知り合えなかったのが残念です」とパンタロン。ハルト人たちはコンピュータ結合体と探知システムを駆使し、近傍宙域を捜索している。「噂でかれについて聞いたことは、かなり矛盾した内容でした」

「まさにそれは、かれの存在の核心をついていると思うぞ」トロトがいった。「タラヴァトス、十七光時先で探知された、オレンジ色の恒星には惑星があるか？」

「三つあります」コンピュータが答える。「スクリーンに投射します。ところで、船のエネルギー走査機が、高エネルギーのインパルスを超高周波ハイパー波長で検知しました。ほんの数ナノ秒でしたが。放射地点は、オレンジ色の恒星の第二惑星です」

「超高周波ハイパー波！」ソクラトが興奮して叫んだ。「それはプシオン性エネルギーだ！」

「おちつけ！」トロトがいう。「タラヴァトス、ハイパーカム通信を全指向で送信しろ……われわれの名前と画像付きで！　受信者にわれわれに連絡するよう頼んでくれ！」

「完了しました、トロトス」数秒後にコンピュータが伝えた。

その直後、ハイパーカムのスクリーンが明るくなり、ハルト人の姿がはっきりとあらわれた。

トロトとソクラトは飛びあがり、その拍子にポスビを突き倒した。

「こちらは宇宙船《ハルタ》のトロトとソクラトだ！」ドモ・ソクラトが叫んだ。

スクリーンのハルト人は、作業アームを持ちあげて歓喜を表現すると、震える声でいった。

「兄弟たちよ、ようこそ、われら種族の第二の故郷へ。あなたたちの到着に、宇宙のよき力の祝福がありますように」

「探知！」タラヴァトスが報告する。「通信は第三惑星からです」

だが、その声は、トロトとソクラトの耳には入らなかった。かれらはみずからの種族をようやく見つけだすことができ、大きく安堵した。その気持ちをハルト人らしいやり方で爆発させる……太古の歌を轟きわたる声で歌いだし、独特のリズムで足踏みしながら、司令室じゅうを踊りまわった。

パンタロンは踏みつぶされないように、トカゲのような姿勢でその場から這いだすはめに。かれらはそれに気づきもしなかった。

ふたりの頭のなかは、目前に控える同胞との再会のことでいっぱいだった。そして、頭の片隅ですこしだけ、近い将来にかれらを待ち受けることにも思いを馳せていた……

あとがきにかえて

宮下潤子

翼竜、アスタスマイマイ、一角獣、吸血コウモリ……本巻に登場した実在・架空の生き物だ。

その生態は？　なぜ著者はこの生き物を選んだのだろう？　なにか象徴的な意味が隠れていないか……ついつい調べてしまうのは、翻訳者の性（さが）だろうか。

せっかく調べたので、くわしい読者の方には退屈だと思うが、一部をここで披露しようと思う。おつきあいいただけたら幸いです。

翼竜

地球では恐竜の時代に生息していた、空飛ぶ〝爬虫類〟。

脊椎動物として最初に空を飛んだが、鳥類と進化上の直接的な関係はない。鳥類は恐竜から進化したとされるため。ちなみに、始祖鳥は恐竜に属する。

翼竜は白亜紀末期、おそらく巨大隕石の衝突が引き起こした環境の変化によって、恐竜とともに絶滅した。子孫にあたる生物はいない。

鳥類のような羽毛のはえた翼は持たず、羽ばたくことはまれ。皮膜を使い、グライダーのように滑空飛行をしたとされる。

〝ケツァルコアトルス〟や〝プテラノドン〟が有名。前者は既知の翼竜のなかで最大級といわれ、翼を広げると十メートル前後になったという。

アスタスマイマイ

〝惑星アスタスⅠ〟に生息。ネタバレになるので詳細は控えたい。

マイマイ、すなわちカタツムリは乾燥を防ぐため、つねに粘液を分泌している。分泌液は、化粧品にも利用され、韓国コスメで一時、大ブームになった。わたしもお土産で顔用パックをいただいたことがある。なんとなく怖くて顔には使わなかったが……

この分泌液、なんと古代ギリシャ時代から、皮膚の炎症をしずめる薬として使われていたそう。一九八〇年代に、食用カタツムリの養殖業者の手がすべすべで、傷が治りやすいことが注目され、再評価された。

カタツムリは粘液のおかげで、どんな表面にもくっつき、かつ、スムーズに移動できる。また、外敵から身を守るときや、休眠するときには殻に隠れるが、殻の出入口に粘液で膜を張る。この粘液は乾燥すると固まって蓋になるが、湿気を帯びると柔らかくなり、殻の主は顔を出すことができる。この性質が、接着と剝離が可能な接着剤の開発につながったという。

一角獣（別名：ユニコーン）

伝説の生き物。古代ギリシャの医師クテシアスによるインドに関する記述に、はじめて登場したらしい。紀元前五世紀末から前四世紀初頭のことだ。インドに角のはえた野生のロバがいるという。だが、医師はインドに行ったことがなく、人から聞いた話だそう。実際の動物は、インドサイかオリックスだろうといわれている。

角に薬効があると書いたのもこの著者。おかげで海獣イッカクの牙が乱獲されるはめになったとか。

その後、旧約聖書がヘブライ語からギリシャ語に翻訳された際、〝野牛〟を意味する単語が誤って一角獣と訳された。野牛が力強く獰猛とされたことから、一角獣もその性質のまま、キリスト教社会に浸透した。

中世に入り、ヨーロッパのキリスト教徒にひろく読まれた博物誌があった。そこに、狂暴な一角獣が処女のもとでは大人しくなると記されており、これが聖母マリアの処女懐胎の伝承と結びついた。こうして一角獣は、「力」と「純潔」の象徴になったという。

そして現代。英語の〝虹とユニコーン〟(Rainbows and Unicorns)というイディオムは、美しい夢物語を意味するそう。また〝ユニコーン〟と形容されたのが、現実離れした逸材、ドジャース大谷選手。評価額が十億ドル以上で未上場のスタートアップ企業は、その希少性からユニコーン企業と呼ばれている。

吸血コウモリ(正式名:チスイコウモリ)

その名のまま、血液を吸って生きており、動物の皮膚を噛みきるための鋭い歯を持つ。生息域は中南米の森林や洞窟。日本にはいない。

群れで暮らし、血縁関係のない仲間とも血を分け合う。その際、仲間によく血を分けあたえる個体ほど、みずからも仲間からよく助けてもらえるという。

チスイコウモリと吸血鬼は、ドイツ語では同じ単語(Vampir)。吸血鬼の伝承は数千年前にさかのぼるが、最初からコウモリと関連づけられていたわけではない。

きっかけは、新大陸で鳥や家畜の血を吸うコウモリが発見されたこと。それが吸血コウモリとしてヨーロッパにひろく伝わり、怪奇小説や映画で吸血鬼と結びつけられ、定着していったという。

西洋ではコウモリは闇や悪を連想させるが、縁起がいいとする国もある。それは中国。蝙蝠の「蝙」の字が「福」と同じ発音であることから、慶事、幸運のシンボルだそう。日本でもたとえば、古くから中国と交流のあった長崎の、カステラで有名な福砂屋が、コウモリを商標にしている。

ドッグレース（おまけ）

後半の話で、賭けごとの例として挙げられるドッグレース。現在、ドイツでは商業的なドッグレースそのものが、動物愛護の観点から禁止されている。

訳者略歴　立教大学社会学部・静岡大学人文学部卒，翻訳者　訳書『サイコテロリスト』マール＆グリーゼ，『コードネームはロムルス』シェール＆ヴルチェク（共訳）（以上早川書房刊）他多数

HM=Hayakawa Mystery
SF=Science Fiction
JA=Japanese Author
NV=Novel
NF=Nonfiction
FT=Fantasy

宇宙英雄ローダン・シリーズ〈733〉

《バジス》強奪(ごうだつ)!?

〈SF2474〉

二〇二五年三月二十日　印刷
二〇二五年三月二十五日　発行

（定価はカバーに表示してあります）

著者　K・H・シェール　H・G・エーヴェルス
訳者　宮下潤子(みやしたじゅんこ)
発行者　早川浩
発行所　株式会社早川書房
郵便番号　一〇一 - 〇〇四六
東京都千代田区神田多町二ノ二
電話　〇三 - 三二五二 - 三一一一
振替　〇〇一六〇 - 三 - 四七七九九
https://www.hayakawa-online.co.jp

乱丁・落丁本は小社制作部宛お送り下さい。送料小社負担にてお取りかえいたします。

印刷・信毎書籍印刷株式会社　製本・株式会社明光社
Printed and bound in Japan
ISBN978-4-15-012474-8 C0197